JN187850

無名な書き手のエクリチュール

3.11 後の視点から

ÉCRIRE QUAND ON EST INCONNU

(réflexions après le 11 mars 2011)

岩手大学人文社会科学部
フランス文学研究室　中里 まき子 編

Sous la direction de Makiko NAKAZATO

朝日出版社

まえがき

2011 年 3 月に発生した東日本大震災は，まさしく言語に絶する出来事でした。しかし，自ら極限状況を生きながら，その経験を言葉で表現し，文学作品として昇華させた人たちがいます。あるいは，書く行為こそが，ときに，過酷な現実に立ち向かうことを可能にするのでしょうか。そうした問題意識を掘り下げるために，2014 年 12 月に岩手大学において国際シンポジウム「無名な書き手のエクリチュール」を開催しました。本書はその内容をまとめたものです。

第一部「災禍を伝える声」では，東日本大震災に加えて，アウシュヴィッツ，ヒロシマといった極限状況を生きた人々――その多くは無名の人々――のエクリチュールを取り上げて，人間にとって，書く行為がどんな意味を持ちえるかを問いかけます。

第二部「無名性…　創造性…」では，フランス，アメリカ，植民地期朝鮮に例を求めながら，無名の書き手たちによる執筆活動が，文化の創造において果たした積極的な役割に光を当てます。

本書の刊行にあたって，岩手大学人文社会科学部教育研究改善プロジェクトの助成を受けました。ここに記して感謝の意を表します。

2015 年 10 月　中里 まき子

目次

まえがき　中里 まき子　3

I　災禍を伝える声

沈黙の詩（うた），俳句　東日本大震災を詠む　照井 翠　9

名もなき書き手たちによる 3.11 の詩歌　中里 まき子　19

Écrire jusqu'au fond de l'inconnu (les manuscrits d'Auschwitz)　Éric BENOIT　31

未知の奥底で書く　アウシュヴィッツに残された手記
エリック・ブノワ（訳：中里 まき子）　47

被爆体験の〈存在〉と〈時間〉
長田新編『原爆の子』と土田ヒロミ『ヒロシマ 1945-1979』をめぐって　福島 勲　65

震災の経験を記録に残す女性の活動　阪神・淡路大震災以前の記録を中心に
堀 久美　75

II　無名性…　創造性…

映画『授業料』の受容　児童映画から「小国民」の物語へ　梁 仁實　87

無名への回帰　1920 年代のアンドレ・ブルトンの創作観　長谷川 晶子　97

19 世紀にアメリカ女性が書いたこと　料理のレシピをめぐる考察を中心に
秋田 淳子　107

模倣から創作へ　フランス 17 世紀の修辞学教師リシュスルスによる剽窃の方法
千川 哲生　115

編者・執筆者紹介　125

I

災禍を伝える声

沈黙の詩（うた），俳句

東日本大震災を詠む

照井 翠

一　三陸海岸「釜石」

数多くの岬や入江からなるリアス式海岸。北上山地の険しい山が海際に迫る。北上山地越えの難所，仙人峠。海と山の調和の魅力。旬の海産物と旬の山菜・茸を組み合わせた郷土料理。五葉山麓のニホンジカ，天然記念物ニホンカモシカ，仙人峠の野生の猿，ツキノワグマ，甲子川の鮎，甲子川を遡上し産卵する鮭，白鳥の飛来など，釜石は実に豊かな自然に恵まれている。

二　現在の釜石　震災からの復興の現状

句集『龍宮』刊行以後も，震災に関わる俳句を詠み続けている。俳句総合誌『俳句』（角川学芸出版）平成二十六年九月号に，次のような作品を発表した。

死に河豚の垂直のまま流れをり

腐りゆく冷たき光梅雨茸

蜩や山の頂まで墓場

万緑の底で三年死んでゐる

分かるのか二万の蟬の溺死なら

草茂るずつと絶望してゐろと

これらは，震災から三年半後の作品である。震災からこれだけ時が経つというのに，被災地釜石の復興は遅々として進まなかった。私の詠む俳句もまた，こうした復興の現状に大きな影響を受けた。即ち，被災地で暮らすなかで，様々なことが思い通りにいかず，イライラし，焦り，虚無感や怒りを抱く作者（私）の思いが俳句に表れている。

震災の風化。置き去りの被災地。用地取得の難航，復興工事の資材不足，入札の不調，盛土工事の遅れ，仮設住宅の老朽化と健康被害，災害公営住宅建設の遅れなどの問題。震災から三年数ヶ月経っても思うように進まない復興。将来の見通しが立たないことで深まる喪失感と絶望感。内陸部への転居の加速と人口の流出。国内を見渡せば，東京オリンピック開催に向けて盛り上がっている。国内格差に苛立ちを隠せない。

因みに，先ほど紹介した俳句群のほぼ一年前，『俳句』平成二十五年十月号に発表した作品は次のようなものである。

月見草死者のその後を祈りをり

螢（ほうたる）や握りしめゐて喪ふ手

話すから螢袋を耳にあてよ

空蟬の手足外してやりにけり

これらは，震災から二年半後の作品である。この時期の釜石は，復興に向けて行政も住民もあれこれ懸命に模索していた段階で，虚無感を抱くというよりもむしろ，死者を悼む思いや，喪失体験の振り返りや，あの世にいる人と繋がりたいという願いや，少し肩の力を抜いて生きていった方がよいのではないかと悩むなど，作者（私）の揺れ動く思いが俳句に託されている。

いずれにせよ，私の生み出す俳句は，居住地釜石の復興の現状に強い影響を受けた。

三　二〇一一年三月十一日　東日本大震災

震災発生時の状況や，被災直後の釜石の様子などを，句集『龍宮』のあとがきより引く。

二〇一一年三月十一日，地震の前兆の不吉な地鳴り。まるで数千の狂った悪魔が地面を踏みならしているかのよう。地鳴りに続く凶暴な揺れ。ここで死ぬのか。次第に雪がちらついてきた。数十秒ごとに襲う激しい余震，そして誰かの悲鳴。避難所となった体育館は底冷えがする。大音量のラジオから流れてくる信じ難い津波被害と死者の数。スプリングコートをはおっただけの身体をさする。誰かが灯してくれた蝋燭の揺らめきをぼんやり眺める。それにしても今夜の星空は美しい。怖いくらい澄みきっている。何か大きな代償を払うことなしには仰ぐことが叶わないような満天の星。このまま吸い込まれていってしまいたい。オリオン座が躍りかかってくる。鋭利な三日月はまるで神だ。

避難所で迎えた三日目の朝，差し入れられた新聞の一面トップに「福島原発　放射能漏れ」という黒い喪の見出しと信じ難い写真。ああだめだ，もう何もかも終わりだ。こうしてはいられない。避難所を出，釜石港から歩いて数分の，坂の中腹にある我がアパートを目指す。てらてら光る津波泥や潮の腐乱臭。近所の知人の家の二階に車や舟が刺さっている，消防車が二台積み重なっている，泥塗れのグランドピアノが道を塞いでいる，赤ん坊の写真が泥に貼り付いている，身長の三倍はある瓦礫の山をいくつか乗り越えるとそこが私のアパートだ。泥の中に玉葱がいくつか埋まっている。避難所にいる数百人のうな垂れた姿が頭をよぎる。その泥塗れの玉葱を拾う。避難所の今晩の汁に刻み入れよう。

戦争よりひどいと呟きながら歩き廻る老人。排水溝など様々な溝や穴から亡骸が引き上げられる。赤子を抱き胎児の形の母親，瓦礫から這い出ようともがく形の亡骸，木に刺さり折れ曲がった亡骸，泥人形のごとく運ばれていく亡骸，もはや人間の形を留めていない亡骸。これは夢なのか？　この世に神はいないのか？　（以上あとがき）

今，このあとがきを読み返すと，あの震災は本当にあったことなのか，たちの悪い夢だったのではないかという思いがしてくる。

春の星こんなに人が死んだのか

泥の底繭のごとくに嬰(やや)と母

双子なら同じ死顔桃の花

喪へばうしなふほどに降る雪よ

震災直後の混乱と混沌の時期を越え，少し落ち着きを取り戻したあたりに，ようやくこれらの句を詠んだ。俳句を読み返すと，すぐさまあの日が蘇る。一気にすべてを思い出す。

四　被災直後　釜石高校での避難所生活

両親を亡くした生徒が四名，片方の親を亡くした生徒が十六名。その他，祖父母や叔父叔母，親戚なども喪った。家屋と全財産を喪い，茫然自失となる生徒たち。

震災発生直後，揺れが少し収まったあたりに，校舎内の生徒約三六〇名を校庭に避難させた。非情にも，冷たい雪が舞い始めた。生徒たちは，とても不安そうだった。その後，体育館へ移動し，ここで夜を明かすことになった。徐々に，周辺の地域住民の方々も避難してきた。

避難所設営のために，生徒たちは合宿所から毛布や布団などを次々に運んだ。マットやシートをフロアに敷き，少しでも寒さをしのぐ工夫をした。

生徒たちは，一枚の毛布に四，五人でくるまって横になっていた。広い体育館に置かれた三台のダルマストーブを皆で幾重にも取り囲み，不安な一夜を過ごした。本震並みの激しい余震に夜通し見舞われ，誰一人一睡もできなかった。

生徒七～八名を一つの班とし，班ごとに五百ミリリットルのペットボトルを一本，煎餅数枚，板チョコ一枚の食糧を配布した。私が，「食べるもの，これしかなくてごめんね。皆で分けて食べてね」と渡しながら言うと，どの生徒も，「先生，僕たち，食べられるだけ幸せです。有り難うございます」と感謝の言葉を口にしてくれた。

体育館のフロアに置かれた大音量のラジオから，「大槌町，壊滅と思われます」「山田町，壊滅と思われます」というアナウンサーの声が響く。生徒たちから，「先生，壊滅ってどういうことですか？」と尋ねられ，「少し落ち着こうね，まだ被災状況は調査中なのだから」と答えた。もちろん，生徒は「壊滅」の意味など知っている。知ってはいても，自分の住む町が壊滅したとは絶対に信じたくなかったし，絶対に受け容れられないことだった。

深夜，ある男子生徒の父親が，泥で汚れ，憔悴しきった表情で体育館を訪ねてきた。「先生，うちの息子いますか？」。引き合わせると，息子の肩に手を置き，「家ごとお母さんが流された。今まで必死で捜したが，どうしても見つからない」と言って泣きながら息子を抱きしめた。生徒は無言で頷き，悲しみに耐えていた。
これも深夜，十日前（三月一日）に卒業した女子生徒が泥で汚れた格好で体育館を訪ねてきた。「先生，私ね，いったん津波に呑まれて流されたの。でも，水の中で足元のものをバンと踏んだら，浮かびあがったの。そして必死で何かにしがみついたら，それが電信柱だったの」。泥まみれのひどい姿に何かを羽織って，「先生，私，津波に負けなかったよ」と話す彼女の目の異様な輝き，少し正気を失ったような表情が忘れられない。ともあれ，彼女は，地獄からこの世へと生還を果たしたのだった。
参考として，我が師加藤楸邨の句を次に示す。

髪焦げて教へ子は来ぬ緋桃抱き　　　　楸邨

この句は，戦時中，かつての教え子が楸邨を訪ねてきた時のことを詠んだ句だ。その子（恐らく女子生徒）は，戦火で髪が少し焦げてはいたが，濃い紅色の緋桃の花をその胸に抱き，花の生命力とともに，恩師楸邨の前に現れたのだ。
我が師楸邨の教え子は戦火を逃げ延びた。私の教え子は，津波の底から逃げ延びたのだった。
震災の翌日か翌々日のこと，携帯電話でテレビを見ていた生徒がＡ子に向かって声をあげた。「Ａ子，死亡者名簿に，あなたのお父さんとお母さんの名前が出ている…」。「今何て言った。あんた今何て言った！　嘘ばっかり。あんた，嘘つき！」とＡ子は立ち上がって叫び，「私，家に電話してくる」と言って体育館を出て行ったきり，しばらくの間戻ってこなかった。
校舎内に公衆電話はあったが，震災後まったく通じなくなっていた。このことは生徒も教師もわかっていた。しかし，そうと知りつつも，Ａ子は家に電話をかけると言って出て行ったのだ。
後日，Ａ子の両親は遺体となって発見された。夫婦で経営していた店舗ごと津波に呑まれたのだった。その後，Ａ子とその兄弟は，祖母に引き取られた。
震災から八ヶ月経った十一月末頃，ある女子生徒から学校に電話がかかってきた。「先生，明日学校を休ませてください。今日，警察から電話があって，お父さんが両石湾に浮かんでいるところを漁師さんが見つけてくれたそうです。ズボンのポケットに免許証が入っていたので，身元が判ったそうです。明日，叔母さんと一緒に遺体検分に行ってきます」。
震災から八ヶ月経ち，少しずつ落ち着きを取り戻していた時期に起こったこの出来事に，私は衝撃を受けた。そして悟った。まだ何ひとつ終わっていないのだ，そして恐らく何ひとつ始まってさえいないのだと。そして，震災から三年数ヶ月経った現在も，同じことを感じている。

五　避難所で生徒と俳句を詠みあう

避難所となった本校の体育館は，釜石市指定の避難所となり，市役所職員が運営することになった。親を亡くしたり，親自身が避難所生活をしているため子供を引き取れないなどの理由を持つ生徒約四十人と，津波浸水区域に家があって帰ることができない私など一部の教師は，セミナーハウス（合宿所）に引っ越すことになった。約一ヶ月半，生徒たちはここで避難所生活を送った。親が迎えに来て，一人欠け一人欠けし，最後には二十人程の生徒が残された。

生徒は，食堂のテーブルで勉強をしたり，本や雑誌を見たりして過ごしていた。私は，ポケットの紙切れやメモ帳に走り書きしていた俳句のもとのようなものを，推敲しながらノートに一句一句清書していた。

そんな私のもとに何人かの生徒が近寄ってきて，「確か照井先生は，俳句を詠むんですよね。本も何冊か出してるとか。どんな俳句ができたんですか？」と覗き込んできた。それほど興味があるならと，ノートにまとめた句の中から何句か選び，紙片に筆ペンでしたため，彼らの前に並べていった。

なぜ生きるこれだけ神に叱られて

もう何処に立ちても見ゆる春の海

ランドセルちひさな主喪ひぬ

しら梅の泥を破りて咲きにけり

しばらく眺めていた生徒が，「先生，この句わかるよ」と，いくつかの紙片を手にして俳句の感想を言ってくれた。そして，「僕たちも俳句を作るよ」と言い，紙片に何やら書き始めた。句ができるたびに私に見せるので，少しだけ手を入れ，形を整えてあげた。それが嬉しかったらしく，どの子もしばらくの間静かになり，集中して何句も作っていた。そして，自信作ができた場合は，避難所の連絡事項を書くホワイトボードに，大きな字で自分の句を書いていた。

当時，生徒を取り巻く現実は，日一日と厳しさを増していった。大地震と大津波によって，大切な家族や家屋・思い出に繋がる品々を全て失ってしまったのだ。そんな彼らにとって，俳句という「虚」の入り混じった世界に遊ぶことは，現実を少し離れ，想像や空想の世界にしばし憩うことだったと思われる。自分の内面を見つめ，自分と対話する時間は，避難所生活のなかで，とても貴重な時間であったことだろう。改めて，言葉の力，フィクションの力というものを考えさせられた。

六　被災直後　釜石市内の様子　人々の様子

喪へばうしなふほどに降る雪よ

震災に遭った後では，例えば，雪が降り積もれば積もるほど虚しかった。それ以前の，綺麗で嬉しい雪ではなくなってしまった。ただ虚しく，喪失感が募った。非情なことに，震災後，連日のように沿岸特有の春の大雪に見舞われ，雪掻き仕事で大変だった。避難所でこんなに辛い思いをしている私たちなのに，まったく神も仏もいないのかと空を仰いだ。
そうこうしているうちに，釜石や大槌の甚大な被害や，被災地の広域的な被害の状況が次第に明らかになっていった。あってはならない福島の原発事故も起こってしまった。私たちは一体どれだけ大切なものを喪ってしまったのか。

津波より生きて還るや黒き尿（しと）

津波に呑み込まれ，その汚れた水を飲んだことで，腎臓がやられてしまい，毎日黒っぽい尿が出た友人がいる。しばらくの間，生命の危機に瀕した。

潮染みの雛（ひひな）の頬を拭ひけり

愛する妻を津波で喪った友人の姿と重なる一句。彼は，「ごめんな，守ってあげられなくてごめんな」と言いながら，ペットボトルの水で妻の顔の泥を丁寧に拭き清めた。

春昼の冷蔵庫より黒き汁

津波に流されたのだろう，廃墟の傍に冷蔵庫がぽつんと残されていた。その冷蔵庫の中から，ツーっと黒い液体が伝っていた。恐らく，庫内のものが，すっかり腐乱してしまっているのだろう。あるいは，庫内に入った津波泥が，外に出てきたものか。冷蔵庫の中に残されたままの「津波」。

つばくらめ日に日に死臭濃くなりぬ

釜石駅前から，「遺体安置所行き」とダンボールにマジックで手書きされたバスが出ていた。精も根も尽き果て，ボロボロになってバスに乗り込む人々。自分の家族や大切な友人のご遺体が見つかるまで，離れた町のものも含め，毎日何ケ所もの安置所を捜し回るのだ。安置所を巡るなかで，いつしか染みついてしまう死臭を，それぞれの避難所に持ち帰ることになる。こうした日々が続くと，避難所の空気の中に，死臭を含む様々な異臭が漂い始める。もの凄まじいまでの臭気。テレビ報道などの映像では絶対に伝えられない臭気だ。被災地を吹き抜ける冷たい風や，降り続く雪の冷たさなど，どれも映像や報道では伝えられないものばかりだった。
こんな震災の後でも，燕は釜石に来てくれた。燕の成鳥は，前年の自分の巣を憶えていて，その近くに戻ってくる習性があるという。津波で流されたため，去年巣をかけた家のあった町がごっそりと無くなっているのを見た燕は，さぞかし驚いたことだろう。しかし，野生の彼らは，町のいたるところにある瓦礫の山から材料を見つけては巣を作り，ちゃんと子を産み育てた。私たちは，燕が大空を自在に飛ぶ姿を，憧れをもって眺めていた。翼を持たない人間は，結局どこへも逃げられず，みじめな感じがした。

七　俳句とは何か　震災と俳句

広大無辺のスケールを持つ自然。それに対して，極小の存在としての人間。その小さな存在である人間の，いのち・こころ・たましいを，僅か十七音のなかで詠む短詩型文学が俳句である。

人間は，危機に瀕した時，「本当の心の叫び」のような形で言葉を発したり詩を生み出したりするものだ。言葉は，命の実存に寄り添う。

人は，危機に瀕し極限状況に置かれると，精神が高揚し，全身が神経そのものとなり，感覚が研ぎ澄まされる。また，自分という存在を見つめ直したくなったり，生きた証が欲しくなったりする。自分の心を映しだす「鏡」が欲しくなる。

高野ムツオ氏の句集『萬の翅』が読売文学賞を受賞した。審査員で詩人の高橋睦郎氏は，「阪神淡路大震災の時，ニューヨークのテロ事件の時，短歌の五七五七七のリズムと型式はこれを表現するのに合っていた。しかしこの度の東日本大震災は，俳句の方が適う型式だった。その理由は，五七五という最短の定型が含み込まざるを得なかった『沈黙』の量にあるだろう。その沈黙のみが今回の大災の深刻によく応え得たということだろう」と論評した。

俳句は，「切れ」と「間」を生かす文学である。「間」とは空白，沈黙。その俳句の「間」を，豊かな時間・空間そして心理までもが往還する。「切る」ことで，詩想の流れが断ち切られ，詩情が活性化してくる。そこに，詩的飛躍や変容が生じ，韻律・リズムも生まれてくる。俳句が，詩から音楽に変わる瞬間だ。

夏草や兵どもが夢の跡　　　　芭蕉

切れ字「や」により断ち切られ，生じた「間」。この「間」において，作者も読者も時空をゆったりと往還する。「間」が内に含む沈黙の深さにより，生と死の往還をも可能になる。

季語は，日本というモンスーン地帯（例えば「梅雨」と呼ばれる雨季があり，夏は高温多湿で，稲作に適する）の自然環境と結びついた言葉である。季語は，その言葉自体の意味ももちろん大切だが，それに加えて，日本の四季折々の時間・空間をも含み込んでいる大変豊かな言葉である。まさに日本人が積み上げてきた感性の集積であり，美意識の極致と言える。

八　俳句の虚実

いとうせいこうの小説『想像ラジオ』。彼は，「死者の言葉を聞けるのが小説」と話す。しかし，俳句は「虚空」が描け，「空（くう）」が詠める稀有な文学だと思う。

ぼうたんの百のゆるるは湯のやうに　　　　森 澄雄

森先生は，よく「いっぺん目を瞑った句」という言い方をされた。頭で作るなの意であろう。実は，先生がこの句を詠んだ時，牡丹の花は散ってしまった後だったという。つまり，実際には牡丹の花盛りを見なかったにもかかわらず，「百のゆるるは湯のやうに」という，詩心横溢する見事な作品を詠まれた。牡丹の花盛りを見なかったからこそ，また「いっぺん目を瞑った」からこそ，牡丹の花の「真実」が見えてきたのだろう。「湯のやうに」との平明で深い把握こそ，「空（くう）」の豊かさだと思う。

芭蕉の言葉に，「虚に居て実を行ふべし」というものがある。その意味するところは，客観的事実にとらわれることなく，「虚」の側に身を置き「虚」に委ねて，そこから真実に迫って行けということだろう。

東日本大震災の体験をもとに，これまで継続的に釜石を，震災を詠んできた。その句は，死の側から生を照らし出し，生の側から死を照らし出す俳句であったように思う。死者の声を聴き，死者の無念に向き合おうと試みてきた。それは，幻想・幻視の俳句であり，アニマティズムの表現世界であった。現在は，生と死の「融和」を俳句に詠むことができないか，考えているところだ。

死の側から生を照らし出し，生の側から死を照らし出す俳句とは，例えば私の次のような句が該当すると考えている。

双子なら同じ死顔桃の花

喉奥の泥は乾かずランドセル

朧夜の首が体を呼んでをり

津波引き女雛ばかりとなりにけり

つばくらめ日に日に死臭濃くなりぬ

彼岸雪土葬の土を被せけり

牡丹の死の始まりの蕾かな

漂着の函を開けば春の星

卒業す泉下にはいと返事して

屋根のみとなりたる家や菖蒲葺く

いま母は龍宮城の白芙蓉

撫子のしら骨となり帰りけり

初螢やうやく逢ひに来てくれた

面つけて亡き人かへる薪能

外の輪は脚の無き群盆踊

虹の骨泥の中より拾ひけり

九　未来へ　己の生き方としての俳句

大震災から三年九ヶ月が経過した。震災体験の内面化・深化，思索の沈潜化，そして詩としての昇華が求められる時期にきている。

思念を深くし，鎮魂の思いや祈りを込めて俳句を詠んでいこうと思う。俳句が内蔵する，深く豊かな「沈黙」を一句に生かすことを念頭に置きながら。

私の震災俳句は，例えば「神話」のようなものかもしれない。つまり，東日本大震災という未曾有の災害の「かけら」を拾い集め，繋ぎ合わせて，私の認識した「世界（神話世界)」を再構築したもののように思われる。俳句の形式を用いて，この認識世界を構造化したものと言えるだろう。

哲学は答えをくれる。これに対し，文学（俳句）は答えをくれないが，一緒に悩んでくれる。寄り添って生きてくれる。

　春の星こんなに人が死んだのか

　寒昴たれも誰かのただひとり

これらの句には，生な表現や剥き出しの観念語が用いられている。通常，俳句では，こういう詠み方はしないものだ。しかし，それでも詠まざるを得ない思いがあるということを，この度の震災で気づかせられた。

生きるとは何か，なぜ二万人もの罪のない人々が津波で死ななければならなかったのか…。それを己に問いかけ，答えを探す旅の中に私はいる。それは，恐らく，終わりのない旅だ。

名もなき書き手たちによる 3.11 の詩歌

中里 まき子

東日本大震災は，多数の文学作品を生み出す契機となった。そうした文学テクストの書き手には，被災者や，犠牲者・行方不明者の家族や友人など，無名の人々が数多く含まれる。本稿では，「名もなき書き手たちによる 3.11 の詩歌」を紹介していくが，その前にまず，書き手の無名性にあえて光を当て，検討対象とすることの意義について，少しだけ考えてみたい。

*

実際のところ，書き手が有名であるか，無名であるかという区別は，ある文学テクストを読み，鑑賞する上で，それほど重要な要素ではないのかもしれない。書き手が誰であるかに関わらず，テクストの価値はテクスト自体にあると考えることが可能である。また，どの程度の知名度があれば有名で，どこまでが無名の範囲なのか，判断に迷う場合もあるだろう。さらに，文学作品と作者との関係は，時代によって，文化圏によって，大きく異なっている。こうした事情ゆえに，書き手の無名性を文学研究や批評の空間において主題化し，考察対象とすることは困難を伴う。しかし，これから述べる理由により，書き手の無名性は，文学研究の問題として成立すると考えられる。

まず，あえて無名であることに拘泥した書き手たちの存在は，無名性に意味を見出しえることを示唆している。例えば，批評家モーリス・ブランショがある論考で取り上げているジョゼフ・ジュベール（1754～1824）は，非凡な資質を備えながらも，無名のまま留まることを選んだ。ブランショによると，ジュベールは，ディドロやレチフ・ド・ラ・ブルトンヌといった著名な作家たちと親交を結んでおり，これらの作家たちが彼を「沈黙から引き出そう」としたが[1]，彼は「何も出版せず，出版すべきものを何も残さなかった[2]」。こうして作家になることを拒否しつつも，彼は長文の手紙を何通も書き，ほとんど毎日，手帖に何かを書き込んだ。1938 年に刊行されたジュベールの『手帖[3]』を読んだブランショは，あえて著作を作らなかったこの書き手が，「自分はより本質的な何か，著作よりも本質的なかたちで芸術と関わっている何かによって占められているのだ」という確信を持っていたと指摘する[4]。このように，作家にならずに書くことをあえて選択した書き手は確かに存在した。

---

1 Maurice Blanchot, « Joubert et l'espace », *Le livre à venir*, Gallimard, 1959, p. 74.
2 *Ibid.*, p. 75.
3 Joseph Joubert, *Carnets I, II* [1938], Gallimard, 1994.
4 Blanchot, *op. cit.*, p. 76.

ところで，書き手が無名のまま世を去った場合，そのテクストは，世に知られずに消失する可能性が高いが，実際には，無名で没した書き手のテクストが公刊され，多くの読者を得ることもある。その端的な例が，アンネ・フランクの日記である。ユダヤ系ドイツ人のアンネは，第二次世界大戦期にユダヤ人迫害を逃れるべく，アムステルダムで家族とともに潜伏生活を送り，その日々を日記に綴った。15歳の若さで，ベルゲン＝ベルゼン強制収容所で落命した彼女の日記は，戦後，収容所から帰還した父親の手で刊行され，世界的ベストセラーとなった。アンネ・フランクと同様に，強制収容所で命を落としたユダヤ人女性が生前に日記を書いていて，それが戦後になって刊行された例は複数ある。オランダ人のエティ・ヒレスムやフランス人のエレーヌ・ベールの日記が知られている。

私たち読者がこうしたテクストに接してまず驚かされるのは，書き手たちが，質の高い文章を，読まれる保証もなしに書き続けたことである。しかしその一方で，この書き手たちが生命の危機に直面していたことを考慮すると，書く行為自体が，極限状態にある人間を支え，生きる希望を与えるのかもしれないと思われてくる。

本書所収のエリック・ブノワの論考においてユダヤ人の手記が詳細に論じられるため，ここでは，エレーヌ・ベールが強制移送前にパリで書き綴った日記から，エクリチュールをめぐる考察を記した次の箇所のみ引用する。

> 今日，ジョルジュとロベールの家からの帰り道，私は不意に，ある印象に襲われた。それは，現実を書くべきだという思い。［…］そして突然に，結局のところ本とは，いかにありきたりなものかを理解した。私が言いたいのは，一冊の本には，現実以外の何があるのか，ということ。人が文章を書くために必要なもの，それは，観察の精神と視野の広さだ。それが欠如していなければ，誰でも本が書けるだろう。［…］
> でも，私が書くのを妨げ，今も私を悩ませ，明日以降も私を邪魔する幾多の理由がある。
> まず，克服するのが困難なある種の怠惰。書くこと，私が望むように書くこと，つまり，完全なる誠実さをもって，人々が読むだろうなんて決して考えずに，態度を歪めることなく，すべての現実と私たちが生きている悲劇的な事柄に，ありのままの深刻さを与えつつ書くこと，言葉で歪めずに。それはとても難しい作業で，絶え間ない努力を要する。
> それから，自分が「ものを書く人間」だと考えることへの凄まじい嫌悪がある。なぜなら私にとって，間違っているかもしれないけれど，書くことは，人格が二重になることを意味する。それはおそらく，率直さを失うこと，放棄すること（でもこれは偏見かもしれない）。
> それに慢心もある。私はそれを望まない。人が，他者たちのために書くという考え，他者の賞賛を得るために書くという考えは，私をぞっとさせる[5]。

エレーヌはここで，読み手の存在を想定しない状態においてこそ，自分にとっての真のエクリチュールが実現しえることを示唆しているようである。

エレーヌ・ベールの日記は，彼女が強制収容所で没してから半世紀以上が経過した2008年になってやっと，姪のマリエット・ジョブの手で刊行された。その際，序文を寄せたのが，2014年のノーベル文学賞受賞者であり，ユダヤ系イタリア人を父にもつパトリック・モディアノである。モディアノは序文において，エレーヌがもしアウシュヴィッツを生き

---

[5] Hélène Berr, *Journal*, Tallandier, 2008, p. 184-185.

延びたら，キャサリン・マンスフィールドのような作家になっただろうと書いている[6]。もちろんこれは仮説にすぎない。しかし少なくとも，もしエレーヌがアウシュヴィッツを生き延びたら，強制移送の前にパリで書いていたこの日記を，自ら刊行しようとは考えなかっただろうと推察される。また，もしエレーヌが生還して，この日記を刊行したとしても，今ほど注目されなかったことはほぼ確実だろう。というのも，エレーヌが無名の存在のまま，若くして命を落とし，日記がその遺稿であるという状況こそが，彼女の言葉に類い稀な魅力を付与しているのである。

こうして無名な書き手のエクリチュールを検討してみると，作家の無名性は，実は，文学の核心に触れる概念であるようにも思われてくる。当然のことながら，文学作品とは，作ろうと思って作られるとは限らず，エレーヌ・ベールの日記が端的に示すように，書き手が，文学作品を生み出そうという意図を持たないときに，図らずも，大変感動的なものが生まれることがある。それはおそらく，文学の言葉とそうでない言葉との間には，実は，大変ささやかな区別しか存在せず，文学創作とは，多くの人に開かれた，いわば，ほぼ何でもない営みであることに由来すると思われる。無名な書き手のエクリチュールは，そうした文学の特性を実践的に示しているのではないだろうか。

＊

これから紹介する東日本大震災の被災者や遺族たち，さらには，直接の被災者ではなくてもこの出来事に思いを寄せつつ詩歌を創作した人たちは，ほとんどが名もなき書き手たちである。彼らの言葉は，まさしく書き手が無名であるゆえに，広く流布し，共有されることが難しい言葉でもある。よって，無名の書き手たちが，どのような経緯で自分の言葉を発信するに至ったのか，その背景も含めて，3.11をめぐる詩歌の一端を紹介していく。

まず，仙台といわきを会場に，3回にわたって開催されたNHKふれあいミーティング「震災を詠む」を取り上げたい。この企画は，NHKを通じて募集された東日本大震災を詠んだ短歌のうち，歌人佐藤道雅らにより選ばれた作品が会場で一首ずつ朗読され，選者による評と作者による解説がなされるという形の歌会である。その模様はテレビで放送され，その後，2011年11月開催の第1回の内容が『ドキュメント震災三十一文字（みそひともじ）　鎮魂と希望』（NHK出版，2012年）として，2013年2月開催の第2回の内容が佐藤道雅，東直子選『また巡り来る花の季節は　震災を詠む』（講談社，2014年）として刊行された。そして第3回「震災を詠む」は2014年5月に開催されたが，現在までのところ書籍化されていない。では，『また巡り来る花の季節は』所収の短歌のうち，高校生が詠んだ5首を見てみよう。

触れること許されぬままお別れを祖母に届かぬ右手が寂しい
　日野はるか（宮城県・気仙沼高校）
Dire adieu à ma grand-mère de ma main droite, triste, qui ne peut la toucher[7].

---

[6] Patrick Modiano, « Préface », dans Hélène Berr, *op. cit.*, p. 8.

[7] シンポジウム「無名な書き手のエクリチュール」での口頭発表においては，すべての作品を発表者によるフランス語訳とともに紹介した。短歌については仏訳を本文中に記し，伊武トーマ「断章」と照井良平「ガレキのことばで語れ」の仏訳は論文の末尾に付す。

津波で亡くなられた方々のご遺体には，検視をする都合上，遺族でさえ触れることが許されなかった。報道が伝えきれなかった非情な現実を，高校生の眼差しが掬い取ることによってこの短歌が生まれた。

星明かり信号がない道路では見えないものが見えたあの冬
　　安田亜美（宮城県・仙台白百合学園高校）
À la clarté des étoiles, sur les routes aux feux éteints, on voyait l'invisible, cet hiver-là.

この作品は，大震災後の停電のせいで，夜空の星がいつもよりきれいに見えたり，人の温かさを感じたりしたという体験を詠っている。次の作品もまた，非常事態において，普段は挨拶だけの人々との絆が深まったことを伝えている。

いつもならあいさつだけの私たち協力連携だれもおしまず
　　小堀萌瑛（宮城県・仙台白百合学園高校）
Auparavant, on se saluait seulement, mais on n'hésite plus désormais à s'entraider.

その一方で，次のような短歌も高校生によって詠まれた。

「絆」だとうたうテレビの騒音にチャンネル変える私の心
　　大久保麗（宮城県・仙台白百合学園高校）
Le bruit de la télé faisant l'éloge du lien, je change de chaîne. Tel est mon état d'esprit.

次の作品も，同様の心境を伝えている。

ふりかかる言葉の数が重すぎてしおれてゆくのは松の木だけか
　　宍戸汐理（宮城県・名取高校）
Est-ce seulement le pin qui va se flétrir sous le poids des mots innombrables ?

陸前高田の「奇跡の一本松」は，大津波に耐えたものの，やはり海水に浸かったせいで根が腐っていった。この作品は，一本松を復興のシンボルにしようという期待の重さが松の木を萎えさせるイメージを提示するが，それはまさしく，励ましの言葉が被災地の人々に重くのしかかる状況でもあった。

*

続いて，『変わらない空　泣きながら，笑いながら』（講談社，2014 年）を紹介する。ここに収録された短歌の多くは，朝日新聞の「朝日歌壇」に投稿され，入選したものである。歌集の編者，辻本勇夫は，2011 年 4 月の「朝日歌壇」に震災短歌が多数掲載されていることに気づき，それらを英訳して世界に発信したいと考えた。三人のアメリカ人文学研究者による英訳を付された短歌は，ニューヨーク，サンフランシスコなどで，展覧会「Voices from Japan」において発表され，後に『変わらない空』として書籍化された。所収の 90 首のうち，歌集の標題にもなっている次の作品を取り上げたい。

窓辺から見ている空は福島の先週までと変わらない空
　　畠山理恵子（福島県　2011 年 3 月）
Le ciel que je vois à travers la fenêtre est le ciel de Fukushima, inchangé depuis la semaine dernière.

この作品は，やはり福島の空を主題とする高村光太郎の詩「あどけない話」と響き合っているようである。筆者自身，福島出身で，高村智恵子と同じ福島女子高校（現在の橘高校）で学んだこともあり，以前から詩集『智恵子抄』に関心を持っているが，そうでなくても，光太郎の詩は多くの日本人に知られている。

あどけない話　　　　高村光太郎

智恵子は東京に空が無いといふ，
ほんとの空が見たいといふ。
私は驚いて空を見る。
桜若葉の間に在るのは，
切つても切れない
むかしなじみのきれいな空だ。
どんよりけむる地平のぼかしは
うすもも色の朝のしめりだ。
智恵子は遠くを見ながら言ふ。
阿多多羅山（あたたらやま）の山の上に
毎日出てゐる青い空が
智恵子のほんとの空だといふ。
あどけない空の話である。

1928 年 5 月

この詩は，福島の精神的基盤の形成に大きく寄与したと言うことができる。「ほんとの空」という表現は，福島の自然の美しさを伝える言葉として，さまざまな場面で用いられて，地域の人々の精神的支柱となってきた。

窓辺から見ている空は福島の先週までと変わらない空

放射能は目には見えないため，福島の空は何も変わらないようであるが，原発事故を挟んで，「先週」と「今週」とでは決定的な違いがある。もはや「智恵子のほんとの空」が存在しないのである。

*

次に，3.11 の詩歌を発信・共有することにおいて積極的な役割を果たしている，北上市にある日本現代詩歌文学館を紹介したい。同館は，2012 年から三年続けて東日本大震災をテーマとする常設展を開催し，163 人の詩，短歌，俳句，川柳を展示してきた。そこでは作者による自筆の原稿が展示され，展示室全体がテーマにふさわしい空間になるよう工夫されている。

　現在までに3.11関連の作品を寄せた163人の書き手たちは，完全に無名の人々ばかりではない。その多くは，結社や同人誌に参加して普段から創作活動を行っているため，地域や仲間内ではそれなりに知られている場合もある。それでも，同文学館の豊泉豪氏が指摘するように，「鉛筆とメモがあれば誰でもどこでも作ることができる」詩歌は，「アマチュアリズム」と「創作者層の広汎性」を特徴としている[8]。よって，無名の書き手たちの存在こそが，詩歌のアイデンティティを保証すると言うことができるだろう。では，2012年度常設展「未来からの声が聞こえる　2011.3.11と詩歌」から，伊武トーマの詩「断章」を読んでみよう。

断章　　　　　伊武トーマ

飼い主をみつめる
犬の目をした少年がいた

道端にひとり咲く
花のような少女がいた

ひたむきなだけで
見向きもされない少年と

健気なだけで
踏みにじられても仕方ない少女が

瓦礫の街で
出会った

泥まみれの犬がくんくん鼻を鳴らし
ちぎれたリードをひきずって行く

波が引いた後の花は青ざめ
地べたに凍りついている

健気なだけの少女が
優しく犬を抱き寄せた

ひたむきなだけの少年が
そっと花を摘みとった

それが初恋とよべるのなら
どんなに美しかっただろうに…

---

[8] 豊泉豪「2011.3.11と詩歌──詩歌の記録性と展示の意義などについて──」,『歴史学研究』, No. 922, 歴史学研究会, 青木書店, 2014年, 37頁。

瓦礫の下にはまだ
沢山の人々がとり残されている

この詩の前半を読むと，新たな物語──希望の物語──が始まるような印象を受ける。ひとりの少年とひとりの少女が瓦礫の街で出会い，被災地の絶望に一筋の光が差し込むように，これから恋が芽生えるのだろうか… しかしそうした読者の期待は裏切られる（「それが初恋とよべるのなら／どんなに美しかっただろうに…」）。そして最後の一連は，少年と少女が津波で命を落としたことを暗示する。二人は，出会いたかったはずの初恋の人と，死者として，瓦礫の町で出会ったのである。

＊

最後に，花巻在住の詩人，照井良平の詩集『ガレキのことばで語れ』を取り上げたい。花巻東高校の教員であった照井は，震災後に，生まれ故郷の陸前高田市米崎町で出会ったお年寄りをモデルとして「ばあさんのせなか」という詩を書き，第 26 回国民文化祭・京都 2011 現代詩部門で文部科学大臣賞を受賞した。土地の方言，気仙語で書かれたこの詩を詩人自ら朗読した動画を，YouTube で視聴することができる。その「ばあさんのせなか」を含む震災詩集『ガレキのことばで語れ』（詩人会議出版）は，2012 年に自費出版され，翌年，壺井繁治賞を受賞した。では，表題作を読んでみよう。

ガレキのことばで語れ　　　　照井良平

ガレキの前で
ことばがないなどとは言うな
ことばで語ることができないなら
季節の冷たいつぶて
みぞれで凍てつく春のみぞれで語れ
潮風が頬を刺す潮風で語れ
それでもことばが見つからないときは
一人で細い坂道を
安置所に向かう人の背中で語れ
海に手を合わせる少女のことばで語れ
さもなくば助けを絶叫する
夜の海に響き渡る闇の声で語れ
それでもことばがないときは
ことばで語ることができないときは
ガレキの中を歩いて探せ
歩いてヒラヒラ舞う布切れのことばで語れ
崩れた屋根のことばで語れ
歩いて歩いて
異臭を放つ魚のことばで語れ
歩いて目を背けたくなることばで語れ
ガレキの中を歩けば
とげとげしく突き刺すガレキのことばが

容赦なく生き身の身体を
四方八方から襲い
八つ裂きにし
たまらず　傷口が
ふつふつと湧く虚なことばで溢れだす
ところかまわず狂い咲く
そこまで
どっぷりガレキに浸かるまで歩いて探せ
ことばがないなどとは言うな
ことばで語ることができないならば
ないことばで語れ
ガレキのことばで語れ
ガレキの涙のことばで語れ
そこに遺影がある
ことばの
遺影がある

東日本大震災の経験によって，人々は絶句した。それは文字通り言葉を失う経験だった。津波による瓦礫の前で，言葉が逃れ去る状況を主題として書かれたこの詩において，詩人はいくつかのメッセージを発しているが，まずそのひとつは，言葉はいらない，ということだ。「一人で細い坂道を／安置所に向かう人の背中」や「海に手を合わせる少女」は，言葉で語るわけではない。しかし，まさしく言葉で語らないことによって多くを語るのである。もうひとつのメッセージは，第一のメッセージと矛盾するようではあるが，言葉による表現を安易に諦めるな，言葉を探すために死力を尽せという，厳しい叱咤である。そうした努力によって見出される言葉は決して美しいものではなく，「異臭を放つ魚のことば」や「目を背けたくなることば」，攻撃性のある「とげとげしく突き刺すガレキのことば」である。それでも私たちは，言葉を探す努力をしなければならない。そしてこの詩は，人間が死んで遺影が残るように，言葉が死に絶えた後にも遺影があるはず，という最後のメッセージを突きつけて，静かに沈黙へと帰する。同じ表現を反芻しながら独特のリズムで紡がれるこの作品自体，言葉の不在の認識から生まれた，言葉の遺影であると考えることもできる。

*

3.11 文学の豊かさは，驚嘆すべきものである。これほど質の高い，読み手の心を揺さぶる文学が，わずか数年間のうちに，限定された地域で生み出されたことは，世界でも類を見ない事態ではないだろうか。

今までに触れることができたのはほんの一部にすぎないが，3.11 の詩歌は，大変な痛みとともに生み出されただろうと想像される。そして読者にとっても，これらの作品と向き合うことは，まさしく痛みを伴う読書で，できれば避けたいことでもある。しかし，こうした目を背けたくなるテクストこそが，人々に仮借ない現実を突きつける，真の文学なのだろう。

Fragment Tôma Ibu

Il y avait un garçon avec des yeux
comme ceux d'un chien qui fixe son maître.

Il y avait une fille comme une fleur
qui fleurissait seule au bord du chemin.

Le garçon simplement sérieux
que personne ne regarde

et la fille simplement courageuse
ne pouvant refuser d'être écrasée

se sont rencontrés
dans la ville en ruines.

En reniflant, le chien boueux
va traîner une corde tranchée.

Après le retrait des vagues, la fleur toute pâle
gèle contre le sol.

La fille simplement courageuse
a serré le chien dans ses bras avec tendresse.

Le garçon simplement sérieux
a cueilli la fleur avec douceur.

Si on avait pu appeler cela le premier amour,
cela aurait été tellement beau...

Sous les décombres,
il reste encore beaucoup de monde.

Parlez dans la langue des décombres Ryôhei Terui

Devant les décombres,
ne dites pas qu'il n'y a plus de mots.
Si vous ne pouvez pas parler avec des mots,
parlez avec des cailloux froids de la saison,
avec la giboulée du printemps, gelée par elle-même.
Parlez avec le vent de mer qui pique les joues.
Si vous ne trouvez toujours pas de mots,
parlez avec le dos de la personne
qui monte seule un sentier vers une morgue.
Parlez avec les mots de la fille qui prie la mer.
Ou bien, parlez avec la voix ténébreuse
qui résonne sur la mer de nuit pour appeler au secours.
S'il n'y a toujours pas de mots,
si vous ne pouvez pas parler avec des mots,
cherchez-en en marchant dans les décombres.
Marchez et parlez dans la langue des pièces d'étoffe qui planent.
Parlez dans la langue des toits en ruine.
Marchez, marchez
et parlez dans la langue des poissons qui puent.
Marchez et parlez avec les mots dont on détourne les yeux.
Si vous marchez dans les décombres,
les mots des décombres, qui piquent âcrement,
assaillent impitoyablement les corps vivants,
de tous côtés,
et les déchirent en morceaux.
Ne pouvant plus le supporter, les plaies
commencent à déborder de mots vides, qui jaillissent
et s'épanouissent en folie n'importe où.
Marchez et cherchez jusqu'à ce point,
jusqu'à ce que vous vous plongiez dans les décombres.
Ne dites pas qu'il n'y a plus de mots.
Si vous ne pouvez pas parler avec des mots,
parlez avec les mots qui n'existent pas.
Parlez dans la langue des décombres.
Parlez dans la langue des larmes des décombres.
Là, il y a des traces.
Les traces
des mots.

L'écriture poétique du 11 mars par des auteurs inconnus

Le séisme du 11 mars 2011 sur la côte Pacifique du Tôhoku, au Japon, a non seulement entraîné de sérieux dégâts, mais il a aussi suscité d'innombrables textes littéraires. Parmi les auteurs de ces textes, beaucoup sont des sinistrés, et des proches parents ou des amis des victimes. Ce sont des personnes inconnues. Dans cet article, je présenterai quelques uns des poèmes du 11 mars écrits par ces auteurs inconnus ; mais avant cela, je voudrais évoquer quelques aspects de l'écriture des auteurs inconnus à travers plusieurs exemples.

Tout d'abord, l'existence d'auteurs qui ont intentionnellement refusé la célébrité indique que le fait d'écrire en restant inconnu peut avoir un certain sens. Dans ce contexte, on peut parler de Joseph Joubert (1754-1824) qui, malgré son talent remarquable, a choisi de rester obscur. Il arrive également que la mort prématurée prive les auteurs de la chance de devenir écrivains. C'est peut-être le cas d'Anne Frank, morte à 15 ans dans un camp d'extermination. Son Journal, ainsi que ceux d'Etty Hillesum et d'Hélène Berr, suggèrent qu'un texte peut susciter un intérêt exceptionnel quand son auteur est mort jeune et inconnu.

Les cinq premiers tankas du 11 mars que je cite ont été écrits, eux aussi, par des femmes très jeunes. Ce sont des lycéennes. Elles ont réussi à présenter leurs textes à l'occasion de séances de lecture organisées et diffusées par NHK, une chaîne publique de télévision au Japon. L'une des cinq lycéennes exprime sa réaction positive dans l'état d'urgence après le séisme (« À la clarté des étoiles, sur les routes aux feux éteints, on voyait l'invisible, cet hiver-là. »), tandis qu'une autre avoue honnêtement son émotion négative (« Le bruit de la télé faisant l'éloge du lien, je change de chaîne. Tel est mon état d'esprit. »).

On retrouve aussi beaucoup de tankas parlant de l'accident nucléaire. Un tanka écrit par une femme de Fukushima (« Le ciel que je vois à travers la fenêtre est le ciel de Fukushima, inchangé depuis la semaine dernière. »), qui fait référence au poème de Kôtarô Takamura « Conversation enfantine », nous rappelle que le « vrai ciel de Chieko » n'existe plus, même si l'accident nucléaire n'a rien changé dans l'apparence du ciel de Fukushima.

Ensuite, je présente la Maison de la Poésie Japonaise Contemporaine de Kitakami qui, depuis 2012, organise chaque année une exposition permanente consacrée à la poésie du 11 mars. Elle a déjà exposé les poèmes, les tankas, les haïkus et les senryûs de 163 auteurs.

Enfin, j'évoque la poésie de Ryôhei Terui, qui enseignait dans un lycée de Hanamaki. Après le séisme du 11 mars, ce poète amateur a visité Rikuzentakata, sa ville natale sur la côte. Il a écrit beaucoup de poèmes pour exprimer les émotions qu'il a éprouvées en marchant dans les décombres de cette ville sinistrée comme on peut le voir dans son poème intitulé « Parlez dans la langue des décombres ».

Les poèmes que j'ai lus ne sont qu'une partie de la poésie écrite après le 11 mars, mais je suis émerveillée par sa richesse. Une grande quantité de textes poétiques si bouleversants ont été écrits en une courte période, dans un espace limité. La création poétique d'après le 11 mars me paraît être un phénomène rare dans toute l'histoire du monde. Je voudrais aussi souligner que ces poèmes sont nés dans une grande peine et que, pour moi, il est toujours pénible de les lire : l'envie de lire et l'envie de ne pas lire la poésie du 11 mars cohabitent en moi. Une telle littérature, dont on veut détourner les yeux, est sans doute la vraie littérature, celle qui fait voir une réalité impitoyable.

Makiko NAKAZATO

Ecrire jusqu'au fond de l'inconnu
(les manuscrits d'Auschwitz)

à Hurbinek[1]

Pour réfléchir à notre sujet, « Ecrire quand on est inconnu », j'ai choisi de porter mon attention sur des situations extrêmes, des situations-limites. Je convoquerai ici deux types d'écrits. Dans un premier temps, je prendrai pour point de départ les journaux intimes de trois jeunes filles juives pendant la Deuxième Guerre mondiale. Dans un second temps, nous ferons un pas de plus au fond de l'inconnu, avec les manuscrits exhumés à Auschwitz.

I – Au bord de l'inconnaissable

1 – Lorsqu'Anne Frank commence son journal intime en juin 1942, elle vient d'avoir treize ans. Elle écrit dès le 20 juin 1942, avec lucidité et humilité : « C'est une sensation très étrange, pour quelqu'un de mon genre, d'écrire un journal. Non seulement je n'ai jamais écrit, mais il me semble que plus tard, ni moi ni personne ne s'intéressera aux confidences d'une écolière de treize ans » (p. 14)[2]. L'avenir, après la guerre, démentira cette prédiction, lorsque tout le monde s'intéressera à ces confidences et que le Journal d'Anne Frank sera devenu un texte mondialement connu. Mais, au début de l'écriture du journal, l'un des premiers constats d'Anne est justement la prise de conscience de cette situation d'inconnaissance, et de la probabilité que ce qu'elle écrit ne sera sans doute jamais connu. Le fait de n'être pas connu est, dans le cas d'Anne Frank, comme redoublé puisqu'elle et les membres de sa famille doivent se cacher dans l'Annexe d'un bâtiment de bureaux d'Amsterdam, où il leur faudra vivre complètement inaperçu, *incognito*, comme inexistant. L'expression « Ecrire quand on est inconnu » prend donc un relief particulier dans le cas d'Anne Frank.

Anne Frank mentionne souvent dans son journal son « envie d'écrire » (*ibid.*) et son désir de devenir après la guerre journaliste ou écrivain. Outre son journal, elle écrit aussi des contes qu'elle fait lire à son entourage.

---

[1] « Hurbinek n'était rien, c'était un enfant de la mort, un enfant d'Auschwitz. Il ne paraissait pas plus de trois ans, personne ne savait rien de lui, il ne savait pas parler et n'avait pas de nom : ce nom curieux de Hurbinek lui venait de nous, peut-être d'une des femmes qui avait rendu de la sorte un des sons inarticulés que l'enfant émettait parfois. [...] Hurbinek le sans-nom, dont le minuscule avant-bras portait le tatouage d'Auschwitz ; Hurbinek mourut les premiers jours de mars 1945, libre mais non racheté. Il ne reste rien de lui : il témoigne à travers mes paroles » (Primo Levi, *La Trêve* [1963], Editions Grasset, 1966, Le Livre de poche, 2003, p. 21-22).

[2] *Le Journal d'Anne Frank*, Editions Calmann-Lévy, 1989, Le Livre de poche, 2010.

Le 28 mars 1944, un ministre du gouvernement néerlandais en exil à Londres lance à la radio l'idée de publier après la guerre des documents écrits pendant cette période. Anne a entendu ce discours, comme elle l'indique le lendemain : « Hier soir, le ministre Bolkesteyn a dit sur Radio Orange qu'à la fin de la guerre, on rassemblerait une collection de journaux et de lettres portant sur cette guerre » (p. 235). A partir de cette date, Anne va entreprendre de remanier son journal pour le rendre plus publiable, plus conforme à ses exigences littéraires. Elle envisage aussi de transformer plus tard le document vécu en roman : « ce serait intéressant si je publiais un roman sur l'Annexe » (*ibid.*) ; mais elle revient vite à une intention moins esthétique et plus réaliste, consistant à *faire connaître* ce qui a été vécu : « environ dix ans après la guerre, racont[er] [aux gens] comment nous, juifs, nous avons vécu, nous nous sommes nourris et avons discuté ici » (*ibid.*). Et elle ajoute le 11 mai : « Après la guerre, je veux en tout cas publier un livre intitulé "L'Annexe", reste à savoir si j'y arriverai, mais mon journal pourra servir » (p. 282).

Le 5 avril 1944, elle réfléchit de nouveau sur l'écriture : « devenir journaliste, voilà ce que je veux ! Je sais que je peux écrire » (p. 241). Elle reste cependant modeste dans ses ambitions : « si je n'ai pas le talent d'écrire dans les journaux ou d'écrire des livres, alors je pourrai toujours écrire pour moi-même [...]. Quand j'écris, je me débarrasse de tout, mon chagrin disparaît, mon courage renaît ! Mais voilà la question capitale, serai-je jamais capable d'écrire quelque chose de grand, deviendrai-je jamais une journaliste ou un écrivain ? » (*ibid.*). Dans la même lettre transparaît une motivation plus profonde de l'écriture : « Oui, je ne veux pas, comme la plupart des gens, avoir vécu pour rien. Je veux être utile ou agréable aux gens qui vivent autour de moi et qui ne me connaissent pourtant pas, je veux continuer à vivre, même après ma mort ! » (*ibid.*). Ce vœu d'Anne Frank se réalisera : le manuscrit sera sauvé de l'arrestation du 4 août 1944 ; début septembre, la famille sera transférée du camp de Westerbork à Auschwitz, puis, après l'évacuation d'Auschwitz par les nazis et après la mort d'Anne Frank au camp de Bergen-Belsen en février ou mars 1945, son père, rescapé d'Auschwitz, fera publier le Journal en 1947.

2 – Hélène Berr, à Paris, venait d'avoir vingt-et-un ans lorsqu'elle commença d'écrire son journal, quelques semaines avant Anne Frank, le 7 avril 1942. Elle le tiendra jusqu'à l'arrestation du 8 mars 1944. Déportée à Auschwitz avec sa famille, Hélène Berr mourra, comme Anne Frank, à Bergen-Belsen, en avril 1945. Son Journal sera publié en 2008.

Hélène Berr n'avait pas le projet de devenir écrivain, mais c'était une littéraire : étudiante d'anglais à la Sorbonne, inscrite en doctorat pour une thèse sur Keats. Dans son journal, elle s'adresse parfois à son fiancé parti dans la Résistance : « Je sais pourquoi j'écris ce journal, je sais que je veux qu'on le donne à Jean si je ne suis pas là lorsqu'il reviendra » (27 octobre 1943, p. 190)[3]. Mais elle assigne aussi à son écriture un but plus large. En effet, Hélène se rend compte que beaucoup de Français ignorent la condition faite aux Juifs pendant l'Occupation, et le sort auquel ils sont condamnés : « A chaque heure de

[3] Hélène Berr, *Journal*, avec une Préface de Patrick Modiano, Editions Tallandier, 2008.

la journée se répète la douloureuse expérience qui consiste à s'apercevoir que *les autres* ne savent pas, qu'ils n'imaginent même pas la souffrance des autres hommes, et le mal que certains infligent à d'autres » (25 août 1943, p. 169). C'est donc le fait même que la situation soit *inconnue* qui motive son écriture. Elle veut écrire pour *faire connaître* ce qui se passe : « j'ai un devoir à accomplir en écrivant, car il faut que les autres sachent. [...] Et toujours j'essaie de faire ce pénible effort de *raconter*. Parce que c'est un devoir » (*ibid.*). Elle conçoit alors son journal comme un matériel qui lui servira à écrire si elle survit après la guerre : « Il faudrait donc que j'écrive pour pouvoir plus tard montrer aux hommes ce qu'a été cette époque. [...] Tout ce que je peux faire, c'est de noter les faits ici, qui aideront plus tard ma mémoire si je veux raconter, ou si je veux écrire » (p. 171).

Quelques semaines plus tard, le 24 janvier 1944, Hélène vient de parler d'arrestations dans son entourage, et elle tient le même raisonnement : « Et qui sait toutes ces choses-là ? Il faut que je le raconte » (p. 266). Elle a cependant conscience que, écrivant son journal alors qu'elle-même n'a pas encore été arrêtée, elle n'a pas accès à la connaissance de ce qui se passe après les arrestations : « A partir de là, c'est l'inconnu, c'est le secret des déportés. [...] Cela, je voudrais le raconter, mais que suis-je pour le raconter, à côté de ceux qui y ont été, et y ont souffert ? » (15 février 1944, p. 274-275). Cet au-delà de « l'extrême bord » (*ibid.*), Etty Hillesum a commencé de le vivre, et de l'écrire.

3 – Etty Hillesum, jeune femme juive d'Amsterdam, qui elle aussi voulait devenir écrivain, a débuté son journal le 8 mars 1941, à l'âge de 27 ans. Elle aussi souhaite écrire pour faire connaître au monde ce que subit la population juive : « J'espère qu'il me sera donné de tout retenir de cette époque et d'en faire un jour un récit, même fragmentaire » (7 juillet 1942, p. 666)[4], « Il faudra bien tout de même quelques survivants pour se faire un jour les chroniqueurs de cette époque. J'aimerais être, modestement, l'un d'entre eux » (10 juillet 1942, p. 673-674), « Un jour, j'écrirai la chronique de nos tribulations. Je forgerai en moi une langue nouvelle adaptée à ce récit, et si je n'ai plus l'occasion de rien noter je conserverai tout en moi » (28 juillet 1942, p. 708). On voit que, au-delà de la dimension personnelle et autobiographique, l'écriture d'Etty Hillesum, comme celle d'Anne Frank et celle d'Hélène Berr, veut être un témoignage collectif : témoigner non pour soi seulement mais pour tous les autres unis dans une même souffrance.

En août 1942, Etty fait un premier séjour au camp de transit de Westerbork, où elle a été nommée, par le Conseil Juif, pour l'assistance aux futurs déportés. Elle écrira le 3 octobre 1942 : « Il faut bien qu'il y ait un poète dans un camp pour vivre en poète cette vie-là [...]. Je voudrais être le cœur pensant de tout un camp de concentration » (p. 750-751).

Après octobre 1942, les derniers cahiers du journal d'Etty ont été perdus, car elle les avait amenés au camp avec elle. Mais, dans les lettres qu'Etty a envoyées de Westerbork,

[4] Etty Hillesum, *Les Ecrits d'Etty Hillesum. Journaux et lettres 1941-1943*, édition intégrale, Seuil, 2008.

elle fait connaître à ses destinataires la vie du camp. A la fin du mois de décembre 1942, elle rappelle une parole de l'été précédent : « Il faudrait écrire la chronique de Westerbork » (p. 815). Dans une longue lettre du 24 août 1943, évoquant les souffrances du camp, elle se demande : « Pourra-t-on jamais décrire au monde extérieur tout ce qui s'est passé ici ? » (p. 915). Etty tente de faire cette description dans ses lettres. Quelques pages plus tôt, elle décrit un départ pour la déportation : « Je vois un vieil homme emporté sur un brancard jusqu'au train [...]. Je vois un père qui, avant le départ, bénit sa femme et son fils [...]. Je vois... Ah ! comment pourra-t-on jamais le décrire... » (p. 911). L'écriture ne peut que s'interrompre, sur cet extrême bord qu'est la souffrance personnelle et incommunicable de ceux qui partent.

Etty elle-même a été déportée le 7 septembre 1943, emmenant avec elle les derniers cahiers de son journal. Du train, elle a encore jeté deux lettres, *in extremis*. Elle est morte à Auschwitz le 30 novembre 1943, emportant dans sa disparition toute la fin de son journal, qui nous restera sans doute à jamais *inconnue*, notamment tout ce qu'elle a écrit à Westerbork et ce que, peut-être, elle a pu écrire dans le train et à Auschwitz.

Est-il possible d'aller plus loin ? Est-il possible d'aller plus loin dans la lecture de ce qui a été écrit à l'intérieur de l'événement, au fond même de l'inconnaissable ? Autrement dit : a-t-on retrouvé des textes qui auraient été écrits sur place, à Auschwitz (et dont le statut serait donc différent, par exemple, des livres de Primo Levi ou d'Elie Wiesel qui, ayant survécu au camp, ont écrit après la libération) ?[5]

---

[5] Il faut mentionner ici le cas particulier du journal d'Ana Novac. Ana Novac est née en Transylvanie roumaine en 1929 (la même année qu'Anne Frank). Déportée à Auschwitz à 14 ans en juin 1944, elle y a rédigé des notes sur des papiers trouvés dans le camp. Elle a passé environ trois semaines à Auschwitz, puis elle a été transférée au camp de travail de Plassow dans la banlieue de Cracovie (ce camp est connu notamment par le film de Spielberg *La Liste de Schindler*). Au camp de Plassow, où elle a réussi à se procurer un cahier, elle a continué d'écrire son journal. Vers mi-septembre elle a été transférée de nouveau à Auschwitz et a continué d'écrire son journal pendant quelques semaines, avant d'être évacuée vers un autre camp. A partir d'octobre 1944, elle est tombée malade, et elle n'a plus eu la force physique d'écrire, mais elle a tout fait pour sauver son journal et sa vie dans les camps qu'elle a traversés pendant les derniers mois de la guerre. Après la guerre, elle a vécu en Roumanie, puis, à partir de 1968, à Paris (où elle est décédée en 2010). C'est à Paris qu'elle a publié son journal d'Auschwitz et de Plassow traduit en français sous le titre *Les beaux jours de ma jeunesse* en 1968 (éditions Julliard, réédition Balland, 1996, puis Gallimard, collection folio, 2006). Dans l'édition folio, les notes d'Auschwitz couvrent une vingtaine de pages au début et une cinquantaine de pages vers la fin, les notes de Plassow couvrent environ 130 pages, et les notes du dernier camp les 50 dernières pages. Le texte du journal est précédé d'une préface où Ana Novac explique ceci à propos de son écriture au camp : « J'aimerais pouvoir dire que je me suis imposé cette corvée afin de compléter la mémoire de l'humanité par des détails, les petits riens concrets, enfin, le quotidien, que les documents, même pas la mémoire (la mienne propre) ne peuvent retenir. Ce serait noble, mais faux ! Echapper à l'obsession de la soupe au moins une heure par jour ! M'empêcher de sombrer dans la masse, dans l'angoisse ; avoir un domaine, une existence ; ne pas faire le jeu de mon destin : de toute façon, j'aurais été incapable de faire autrement, sans me désagréger, sans crever avant tout le monde » (p. 11). Ana Novac relativise ici la fonction de l'écriture que nous avons vue si importante pour les trois diaristes précédentes : faire connaître au monde d'après la guerre ce qui

II – Au fond de l'inconnaissable

Il existe quelques textes, très rares, qui ont été écrits à l'intérieur de l'enfer d'Auschwitz, et dont les auteurs n'ont pas survécu. Ce sont les manuscrits du Sonderkommando. Le Sonderkommando (ou kommando spécial) était composé d'hommes juifs déportés qui n'avaient pas été envoyés à la chambre à gaz, mais que les nazis avaient sélectionnés pour effectuer un horrible travail : sortir les cadavres des chambres à gaz, puis (après avoir enlevé les cheveux des femmes et les dents en or) les brûler (d'abord dans des fosses, puis dans les fours crématoires, et de nouveau dans des fosses lorsque les fours ne suffirent plus à la quantité des convois), puis disperser les cendres. Le Sonderkommando d'Auschwitz-Birkenau a compté jusqu'à 400 prisonniers en 1942-43, pour atteindre un maximum de 900 prisonniers en août 1944. Survivants provisoires, ils étaient en général mieux traités que les autres prisonniers du camp, car c'est finalement sur eux que les nazis faisaient reposer l'efficacité de leur entreprise de disparition des cadavres. Les membres du Sonderkommando étaient donc, parmi les victimes des nazis, les seuls à connaître le processus de réalisation concrète de l'extermination. Témoins de ce que nul ne devait *connaître*, ils savaient d'avance qu'ils seraient finalement exécutés par les nazis (qui tenaient à ce qu'il ne reste pas de témoins, et qui procédaient parfois à des liquidations partielles du Sonderkommando). Plusieurs centaines d'entre eux sont morts à l'issue de la révolte du Sonderkommando qui eut lieu le 7 octobre 1944. Quelques uns seulement survécurent à la guerre et purent témoigner.

Ceux qui laissèrent des manuscrits rédigés à Auschwitz n'ont pas survécu au camp. Ils ont placé leurs manuscrits dans des gourdes, des bocaux ou des bouteilles, et les ont

---

s'est passé ; pour elle, la fonction première de son écriture a été de l'aider à survivre (les remarques sur cette fonction vitale de l'écriture sont fréquentes dans le journal). Elle pense d'ailleurs que le monde de l'après-guerre ne comprendrait rien à de tels témoignages : « en prenant mes notes au camp, j'étais persuadée qu'une fois la guerre finie, tout ça serait incompréhensible, du chinois pour le monde à venir » (p. 12). Cependant, on lit à l'intérieur du journal des passages où elle se soucie de sa lecture par le monde à venir. Par exemple, à propos d'une expression qu'elle vient d'écrire à propos des déportés, « entre l'être et la chose », « une chose souffrante », elle continue aussitôt après : « s'il nous arrivait un accident, à mon cahier ou à moi, l'expression serait perdue et ce serait dommage. Elle aurait pu servir à un historien – à moins que notre histoire reste sans témoins comme un trou dans le temps – ou d'une incrédibilité telle qu'aucun témoignage ne servirait à rien » (p. 40). Plus loin, cette remarque : « Puissent ces notes figurer parmi les témoignages, au jour du règlement de compte ! Mais serais-je ma seule lectrice, j'écrirais quand même ! » (p. 71). A Plassow, elle a réussi à faire sortir du camp les pages déjà écrites, qu'elle a retrouvées après la guerre. Du fait des pages rédigées en juin puis en septembre 1944 à Auschwitz, on peut dire que ce texte est « le seul journal jamais sorti d'un camp d'extermination nazi » selon l'expression de la quatrième de couverture. Ana Novac, seule survivante parmi les auteurs dont je parle dans cet article, occupe donc une position intermédiaire entre les trois diaristes dont je viens de parler (qui n'ont pas survécu) et les survivants comme Primo Levi et Elie Wiesel. Elle occupe aussi une position intermédiaire entre les trois diaristes dont je viens de parler (qui ont écrit avant Auschwitz) et les auteurs dont je vais parler maintenant (qui ont écrit à Auschwitz).

enterrés près des crématoires. Quelques manuscrits ont ainsi pu être retrouvés après la guerre (notamment grâce à des indications des rares survivants).

Ces textes ont donc été écrits depuis la zone même de l'inconnaissable, au plus près du crime secret qui devait rester inconnu du monde. Les membres du Sonderkommando ont écrit pour que cette chose *inconnue* soit *connue* du monde entier, pour que ce dont la connaissance était absolument interdite soit dénoncé et connu du monde entier. Ils ont écrit en sachant qu'eux-mêmes ne survivraient pas. Ils ont enterré leurs manuscrits sans savoir si ceux-ci seraient un jour découverts et lus. L'expression « Ecrire quand on est inconnu » prend donc un relief absolument unique dans la situation des membres du Sonderkommando.

Ces textes, rédigés au camp d'Auschwitz-Birkenau en 1943 et surtout en 1944, ont survécu à la mort de leurs auteurs fin 1944. Ils ont été déterrés après la guerre, entre mars 1945 et octobre 1962. Ils nous sont parvenus comme, véritablement, d'outre-tombe.

Je vais maintenant dégager quelques éléments de réflexion à partir des manuscrits les plus développés, ceux de trois membres du Sonderkommando : Zalmen Gradowski, sur lequel je m'arrêterai le plus longuement, et Lejb Langfus et Zalmen Lewental, dont je parlerai plus brièvement.

1 – Le premier auteur, Zalmen Gradowski, était un Juif pieux de Pologne. Il avait 34 ans en 1944. Avant la guerre, il avait tenté de publier quelques nouvelles : il devait donc se sentir porté à écrire. C'est lui qui nous a laissé le plus de textes écrits à Auschwitz : deux manuscrits en yiddish, accompagnés d'une lettre, et qui furent déterrés dès le 5 mars 1945[6].

a) - Le premier manuscrit de Gradowski s'ouvre, avant le texte en yiddish, par une phrase rédigée en quatre langues (polonais, russe, français, allemand) : « Que celui qui trouve ce document sache qu'il est en possession d'un important matériel historique » (Vc, p. 24). Ce manuscrit raconte le transport en train qui a conduit en décembre 1942 le narrateur et sa famille à Auschwitz. La Dédicace (« Dédié à ma famille brûlée à Birkenau-Auschwitz ») contient l'énumération des membres de la famille avec leurs prénoms (Vc, p. 37) : de ces *inconnus* réduits en cendre, restera, ici, leur nom. L'auteur témoigne non seulement pour lui mais aussi pour eux.

---

[6] On peut lire le premier manuscrit de Gradowski et la lettre dans le volume collectif dirigé par Georges Bensoussan, Philippe Mesnard, et Carlo Saletti, et intitulé *Des Voix sous la cendre. Manuscrits des Sonderkommandos d'Auschwitz-Birkenau* (ici abrégé en Vc), Editions Calmann-Lévy, 2005, Le Livre de poche, 2006, p. 37-100, volume qui donne aussi des extraits du second manuscrit, « Au cœur de l'enfer », p. 179-213. Les textes yiddish de ce volume sont traduits par Maurice Pfeffer. On peut lire l'intégralité du second manuscrit dans : Zalmen Gradowski, *Au cœur de l'enfer* (ici abrégé en CE), traduit du yiddish par Batia Baum, Editions Kimé, 2001, Editions Tallandier, 2009. L'historien israélien Ber Mark avait donné le texte du premier manuscrit et de la lettre dans *Des Voix dans la nuit. La résistance juive à Auschwitz* (ici abrégé en Vn) [1977], traduit du yiddish par Esther et Joseph Fridman et Liliane Princet, Editions Plon, 1982. Les textes de Lejb Langfus et de Zalmen Lewental, dont je parlerai plus loin, se trouvent en Vn et en Vc.

Ce qui caractérise le texte de Gradowski, c'est qu'il est rédigé très littérairement, avec des effets stylistiques bien repérables. Par exemple, dans les premières pages, plusieurs paragraphes commencent, anaphoriquement, par les mêmes formules litaniquement répétées : « Viens vers moi, toi, libre citoyen du monde [...] et je te raconterai [...] et je te montrerai [...] » (Vc, p. 37-38). Le narrateur, au fond de sa solitude, s'adresse à un lecteur qui va virtuellement l'accompagner dans ce transport en train, et auquel il va faire voir, montrer, par un procédé récurrent d'hypotypose : « Viens, mon ami, lève-toi [...] et viens avec moi » (Vc, p. 39), « car tu devras voir [...] tu entendras [...] et tu verras [...] » (Vc, p. 41), « Vois, mon ami » (Vc, p. 44-45). Cette dernière formule est particulièrement récurrente. Ce que le narrateur a vu, il le décrit en le mettant sous les yeux de son lecteur, il le décrit sous le regard de son lecteur, lecteur virtuel à travers lequel nous lecteurs réels sommes censés voir. Puis c'est la narration du transport en train : « Viens, mon ami, parcourons ces cages roulantes. Tu vois [...]. Tu vois, mon ami, [...]. Tu remarques, mon ami [...]. Viens plus loin, tu vois [...] » (Vc, p. 56-57). C'est sous le regard du lecteur que le texte décrit les déportés : « Viens plus loin, tu vois, une femme est debout avec un petit enfant dans les bras, et son mari se tient près d'elle. [...] » (Vc, p. 57). Une biographie de cette famille est esquissée sur plusieurs lignes. « Vois comment ils regardent leur jolie petite fille aux yeux de cerise noire, et lis sur leur visage soucieux ce qu'ils pensent » (Vc, p. 58) : la pensée des parents est alors reconstituée par le narrateur. Puis le texte reconstitue au style direct les pensées d'une mère, les pensées d'une fille. On perçoit que le texte de Gradowski dépasse l'autobiographie pour s'ouvrir à autrui et rejoindre les vies de multiples inconnus. Le « nous » des déportés alterne avec d'autres pronoms : « on » plus général, « ils » plus objectif, « chacun » plus personnel. Parfois, le « tu » revient, par lequel le narrateur à la fois se parle à lui-même et s'adresse à son lecteur qu'il identifie à lui-même : « Tu remarques maintenant [...] » (Vc, p. 63), « Tu regardes par la fenêtre » (Vc, p. 67). Tout au long de ces pages, la focalisation est instable, sans cesse en mouvement : le texte nous fait percevoir la réalité à travers une multitude d'angles de vue, de relais personnels, car dans ce convoi collectif est en jeu le sort personnel de chacun. Vers le milieu du récit, la situation de l'inconnu qui laisse une trace écrite est comme mise en abyme dans le texte : on a découvert, écrits sur la paroi du compartiment, les mots d'un déporté d'un convoi précédent s'adressant aux déportés des convois à venir : ceux qui sont « partis sans laisser la moindre trace [...] nous ont laissé un signe tangible. [...] Et nous allons maintenant, nous aussi, suivre leur exemple et écrire un mot à l'intention de ceux qui doivent monter dans ce même train dans les prochains jours » (Vc, p. 65).

Dans les pages qui racontent l'arrivée à Auschwitz, le pronom « tu » continue de rassembler le narrateur qui se souvient et le lecteur auquel il s'adresse : « tu reçois aussitôt sur la tête un tel coup » (Vc, p. 78), « Diverses pensées s'entremêlent dans ton cerveau » (Vc, p. 79), « tu es trop préoccupé par le sort de ceux que tu aimes et chéris le plus » (Vc, p. 83), même si parfois resurgit la première personne du singulier : « ce sont certainement ma mère et ma sœur qui sont arrivées » (Vc, p. 82) ; mais le « tu » revient pour dire l'irréparable : « Ta famille ne vit plus ! » (Vc, p. 85), et pour dire la désindividualisation subie par les détenus qui n'ont pas été gazés : « Chacun reçoit son numéro. Dès lors, tu as perdu ton moi. Ton être a été changé en numéro. Tu n'es plus celui que tu étais autrefois. Tu es à présent un numéro » (Vc, p. 86), jusqu'à la dissolution dans l'impersonnalité du « on » : « On est étourdi, désemparé. On regarde autour de soi, où est-on tombé ? » (Vc, p. 88).

Dans ce texte extraordinaire, l'instabilité énonciative parvient à rendre compte des pensées intérieures de plusieurs êtres personnels, hommes ou femmes, de tous âges et de toutes conditions. Des inconnus revivent sous nos yeux. Cette instabilité énonciative est aussi très efficace pour transmettre au lecteur quelque chose d'un ressenti peut-être irréductiblement incommunicable à qui ne l'a pas vécu. Elle rend compte aussi de la perte des repères existentiels dans l'univers du camp. Contre cette perte des repères dans un monde radicalement inconnu, nul doute que, pour ce survivant provisoire que fut Gradowski, l'écriture a été un acte de résistance, une tentative pour retrouver son moi, et pour se relier malgré tout au monde humain (les répétitions sont d'ailleurs comme des points fixes à quoi se raccrocher dans un monde où il n'y a plus rien à quoi se raccrocher).

Ce premier manuscrit de Gradowski est accompagné d'une lettre qui éclaire les intentions de l'auteur, et dont j'extrais ces quelques lignes :

> J'ai voulu le laisser [ce texte], ainsi que de nombreuses autres notes, en souvenir pour le futur monde de paix afin qu'on sache ce qui s'est passé ici. Je l'ai enterré dans les cendres en pensant que c'était l'endroit le plus sûr, où l'on creuserait sûrement afin de retrouver les traces des millions d'hommes qui ont péri. [...] Le carnet de notes ou d'autres textes sont restés dans les fosses imprégnées de sang ainsi que d'os et de chairs souvent incomplètement brûlés. [...] Cher découvreur, cherche partout sous chaque parcelle du sol. Dessous, sont enfouis des dizaines de documents, les miens et ceux d'autres personnes, qui projettent une lumière sur ce qui s'est passé ici. [...] Quant à nous, nous avons perdu tout espoir de vivre la libération. [...] J'écris ces lignes au moment du plus grand danger (Vc, p. 98-100).

La lettre est en effet datée du 6 septembre 1944, alors que Gradowski pensait imminente la révolte du Sonderkommando, qui éclatera un mois plus tard et où il allait trouver la mort.

b) - Le second manuscrit de Gradowski, « Au cœur de l'enfer », se compose de trois parties, chacune précédée d'une préface.

La préface de la première partie est, de nouveau, un texte adressé : « Cher lecteur, tu trouveras en ces lignes le récit des souffrances et des peines que nous [...] avons subies [...] en cet enfer terrestre qui a nom Auschwitz-Birkenau » (CE, p. 33). On voit à quel point le souci d'avoir un lecteur importe à celui qui écrit si loin du reste de l'humanité. Or, une crainte assaille Gradowski, sur ce qui empêcherait que ces faits *inconnus* soient vraiment *connus* : « personne ne voudra croire à la vérité de ce qui se passe ici » (*ibid.*). Gradowski est aussi conscient que l'écrit ne pourra rendre compte de la totalité de ce qui a été vécu et subi à Auschwitz : ce n'est « qu'une part minime de ce qui s'est réellement passé ici », « j'écris dans le dessein qu'au moins une part infime de cette réalité parvienne au monde » (*ibid.*). Et il poursuit : « Tel est le seul but, le seul sens de mon existence. Je vis ici avec cette pensée, avec cette espérance, que peut-être mes écrits te parviendront » (CE, p. 34).

Dans la suite de cette préface adressée au « cher découvreur de ces écrits », « mon ami », Gradowski demande que ces textes soient publiés avec une photo où on le voit en compagnie de sa femme. Puis il énumère les noms des membres de sa famille gazés et brûlés le 8 décembre 1942. Et il termine par ces mots poignants : « celui qui se tient au seuil de la tombe, c'est moi » (CE, p. 36).

La première partie du second manuscrit de Gradowski est une invocation à la lune. Cette prose poétique est rythmée par la répétition de la question « Pourquoi ? », vingt fois : « Pourquoi rester insensible, froide lune, au terrible deuil qui a voilé le monde ? [...] Tu devrais te voiler de nuées de deuil » (CE, p. 42). Gradowski parle à la lune dans le ciel, comme s'il n'y avait plus de Dieu dans le ciel, et comme si Gradowski était en un monde où l'humanité a disparu : « Ecoute, lune, je vais te conter, te révéler un secret. [...] Tu es désormais ma seule amie » (CE, p. 44), « il ne reste plus personne pour s'affliger [...]. Toi seule es témoin de ce malheur, de la destruction de mon peuple, de mon monde » (CE, p. 47). Comme peut-on être plus *inconnu* que dans cette situation de solitude absolue ? Celui qui écrit ici est, pour reprendre une expression de Blanchot, le dernier homme. C'est donc à la lune que Gradowski va montrer, faire voir, faire *connaître* : « Viens ici, chère lune, reste ici, je te montrerai la tombe, la tombe de mon peuple » (CE, p. 44), « Viens ici, lune, jette un regard de tes yeux luisants sur cette terre sombre et maudite, et vois ! » (CE, p. 46). Et les dernières pages, toujours adressées à la lune, sont rythmées par la répétition litanique et lancinante de l'expression « Tu vois » (CE, p. 45-46) qui introduit plus de dix fois la monstration descriptive des déportations, des chambres à gaz, et des fours crématoires. L'hypotypose, qui prend ici le point de vue transcendant de la lune, dessine en négatif la place du regard du lecteur – du regard impossible d'un lecteur hypothétique.

La deuxième partie du second manuscrit de Gradowski raconte le jour où 200 membres du Sonderkommando furent « sélectionnés » par les nazis pour être éliminés. C'était le 24 février 1944. Le texte commence de nouveau par une préface adressée : « Cher lecteur ! Je dédie ce travail à mes compagnons, mes chers frères qui nous ont été arrachés [...]. Je leur dédie ces quelques lignes » (CE, p. 51). L'écriture personnelle de Gradowski est ouverte à la fraternité. Elle reste aussi animée par le désir de faire *connaître* ce qui aurait pu rester *inconnu* : « Cher lecteur, si un jour tu veux comprendre, tu veux connaître notre "moi", médite bien ces lignes, tu pourras te faire une image de nous là-bas [...]. Je dédie aussi ces lignes à ton intention, que tu puisses apprendre au moins en partie comment et de quelle atroce manière ont été exterminés les enfants de notre peuple » (*ibid.*). Puis de nouveau Gradowski demande que son texte soit publié avec la photo où on le voit avec sa femme, et de nouveau il énumère les noms des membres de sa famille assassinée.

Le récit de la « sélection » procède par une instabilité énonciative que nous avions déjà remarquée dans les textes de Gradowski. Les pronoms sont variables : « nous », « tous », « chacun » (CE, p. 56-57), « chacun », « on », « tu » (CE, p. 70-71), « tous », « nous », « chacun de nous », « il » (CE, p. 93). Le singulier permet une intériorisation dans la pensée de tel ou tel homme individuel. Parfois, Gradowski parle de lui-même à la 3ème personne : « Il se souvient [...]. De ses propres yeux il a vu les siens brûler dans les flammes » (CE, p. 82). Ailleurs, il se parle à lui-même à la 2ème personne. La fin du texte mentionne la prière des Juifs pieux qui ont survécu à la sélection, leur prière évoquant les noms des camarades liquidés. Le texte de Gradowski lui-même n'est-il pas comme un kaddish, une prière pour les morts ?[7]

Cet aspect est encore plus vrai dans la troisième partie du second manuscrit de Gradowski, qui raconte l'élimination d'un convoi de femmes tchèques gazées le 8 mars 1944. Le ton de la préface est particulièrement pressant, dont je cite ces quelques lignes :

> Cher lecteur, j'écris ces mots aux heures de mon plus grand désespoir [...]. Mais je serai heureux si mes écrits te parviennent, libre citoyen du monde. [...] Cher découvreur de mes écrits ! J'ai une prière à te faire, c'est en vérité mon essentielle raison d'écrire, que ma vie condamnée à mort trouve au moins un sens. Que mes jours infernaux, que mon lendemain sans issue atteignent leur but dans l'avenir. Je ne te rapporte qu'une part infime, un minimum de ce qui s'est passé dans l'enfer d'Auschwitz-Birkenau. Tu pourras te faire une image de ce que fut la réalité. J'ai écrit beaucoup d'autres choses. Je pense que vous en trouverez sûrement les traces, et à partir de tout cela vous pourrez vous représenter comment ont été assassinés les enfants de notre peuple [...]. Tout ce qui est écrit ici, je l'ai vécu moi-même, en personne [...] et toute la détresse accumulée, la douleur dont je suis pétri, mes atroces souffrances, je n'ai pu leur donner d'autre expression, à cause des conditions, que par la seule écriture (CE, p. 109-111).

Après cette préface, le récit du gazage des femmes tchèques est structuré par de nombreuses anaphores, répétitions, structures cycliques. Plusieurs fois, le texte développe, au discours direct, le monologue intérieur des victimes collectivement, ou le monologue intérieur de telle ou telle victime individuellement. Le texte leur donne ainsi une voix, et il parvient à nous faire entrer dans ce que furent la pensée et le ressenti de ces inconnues qui vont bientôt mourir sans laisser de trace. Le texte combine à la fois le point de vue des victimes et le point de vue des membres du Sonderkommando qui assistent impuissamment à l'entrée des victimes dans la chambre à gaz : « Nous les contemplons avec compassion » (CE, p. 153), « Nous éprouvons, nous souffrons avec elles [...]. Nos cœurs se gonflent de compassion » (CE, p. 155). Ainsi Gradowski donne-t-il aussi à connaître les sentiments des membres du Sonderkommando qui, du fait de l'horrible travail auquel ils étaient contraints,

---

[7] L'un des survivants du Sonderkommando, Zlama Dragon, a témoigné que, après chaque journée de son horrible travail, Zalmen Gradowski récitait le kaddish pour ceux dont il avait dû brûler le cadavre.

étaient souvent considérés comme des monstres par les autre détenus : en insistant sur la compassion, Gradowski tente de rétablir une certaine vérité sur ceux qui étaient à ce point *méconnus*.

Les dernières pages de ce texte décrivent l'ouverture de la chambre à gaz après le gazage, et la vision des cadavres : « Deux yeux gelés te fixent, comme pour te demander : “Que vas-tu faire de moi, frère ?” » (CE, p. 193). C'est, ensuite, la description de l'incinération des corps dans les fours crématoires : « et tu entends le grésillement du feu ardent » (CE, p. 195). Et plusieurs paragraphes, qui évoquent ce que fut la vie de ces personnes mortes, se terminent par la même formule, répétitivement : « et dans quelques minutes il ne restera d'eux plus aucun vestige » (CE, p. 196). Le texte de Gradowski se fait justement le vestige de ceux dont il ne reste aucun vestige, le reste de ceux dont il ne reste rien, le moyen de garder une connaissance de ces inconnues qu'on a voulu faire disparaître sans trace. Gradowski lui-même est à la fois en lien avec les victimes et en lien avec les destinataires de ses textes. Il *est* le lien entre elles et nous.

Gradowski, étant l'un des témoins de ce dont il ne devait rester aucune trace, a ressenti la mission de témoigner pour le monde à venir auquel il espère encore pour le temps d'après sa propre mort. Mais, en plus de cela, nul doute que, par l'acte même d'écrire, le narrateur échappait mentalement, pendant quelques minutes, à son terrible sort. Ecrire *cela* permettait d'échapper momentanément à *cela* : de trouver, grâce aux mots, une distance. Le *style* de ces écrits est la marque même de cette évasion, de cette résistance à la déshumanisation, de cette persistance de l'humanité. Le style ici fait partie intégrante de l'authenticité du témoignage décrivant la factualité historique : c'est la raison pour laquelle le style ne m'apparaît pas comme une esthétisation superficielle qui serait déplacée, inconvenante, pour un contenu aussi grave. Gradowski a voulu ce style, il en a eu besoin à la fois pour viser un référent, pour y préserver une distance salutaire, et pour émouvoir un destinataire. La qualité *littéraire* du texte n'ajoute rien et n'enlève rien à sa valeur de *document* vécu, mais les deux vont de pair. Ecrire littérairement a été pour Gradowski un moyen de résistance de la subjectivité et de l'humanité dans le lieu même de la déshumanisation et de l'anéantissement de la subjectivité. L'acte même d'écriture a permis à Gradowski de garder un lien avec le reste de l'humanité, si lointaine, et, à travers le lecteur virtuel figuré dans le texte, de viser, bien plus loin, les lecteurs réels de la postérité : nous. Le texte nous répète que c'est de nous lecteurs réels que dépend son existence, et que soit *connu* cela même qui devait être *l'inconnaissable*[8].

2 – Le deuxième auteur des manuscrits exhumés à Auschwitz-Birkenau est le juge rabbinique Lejb Langfus. Ses textes, rédigés en yiddish, ont été retrouvés en avril 1945 et avril 1952. Il y raconte, très factuellement, sans effet de style, les arrivées de nombreux convois de déportés, avec les dates. Il ne parle pratiquement pas de lui-même. Il mentionne

[8] Sur les textes de Gradowski, on pourra aussi se reporter à deux articles de Philippe Mesnard, dans CE, p. 199-231, et Vc, p. 215-243.

les derniers actes et les dernières paroles de telle ou telle victimes anonymes juste avant la chambre à gaz. La sobriété de son écriture présente des faits bruts, de façon terriblement poignante. Je ne citerai ici (sans les commenter parce qu'elles sont suffisamment parlantes) que les dernières lignes écrites par Langfus avant d'être lui-même gazé le 26 novembre 1944 :

> Je demande qu'on rassemble toutes mes différentes descriptions et notes enterrées [...]. Elles se trouvent dans divers pots et boîtes, dans la cour du crématoire 2. [...] Qu'on les mette en ordre et qu'on les imprime toutes ensemble sous le titre : « Dans l'horreur des atrocités ». Nous, les cent soixante-dix hommes restants, allons partir pour le Sauna. Nous sommes sûrs qu'on nous conduit à la mort. Ils ont choisi trente hommes pour rester au crématoire 4. Aujourd'hui, 26 novembre 1944 (Vc, p. 113).

Le troisième auteur de textes retrouvés à Auschwitz est Zalmen Lewental, étudiant talmudiste, 26 ans en 1944. Il est arrivé à Auschwitz-Birkenau le 10 décembre 1942, avec sa famille qui fut immédiatement gazée. Il fut affecté au Sonderkommando début 1943. De lui, on a retrouvé, en juillet 1961 et en octobre 1962, deux manuscrits rédigés en yiddish. A cause de la moisissure du papier, beaucoup de mots sont illisibles, ce qui rend la lecture très lacunaire. Ainsi, à la situation de rédaction de ces manuscrits au fond de l'inconnu, et à la mort de l'auteur fin 1944, s'est ajoutée la perte de nombreux fragments des textes de Lewental.

Le premier texte de Lewental est daté d'août 1944. C'est la présentation d'un manuscrit qui n'est pas de lui et qui expose les conditions de vie dans le ghetto de Lodz avant la déportation (c'est pourquoi on désigne ce texte sous l'intitulé « Additif au manuscrit de Lodz » ; ce manuscrit de Lodz ayant été rédigé avant la déportation, je n'en parle pas ici). Lewental insiste sur l'intérêt qu'aura ce texte du ghetto pour les chercheurs après la guerre : « Cela pourra servir les sociologues », « je laisse le reste aux historiens et aux chercheurs », « des fait, des rapports et des informations diverses qui présenteront un intérêt évident et seront utiles au futur historien », « cela donnera aux futurs chercheurs et historiens et encore davantage aux psychologues un tableau net et clair de l'histoire des événements et des souffrances » (Vn, p. 305-309).

Mais Lewental s'inquiète de la réception du texte : « qui sait si ces chercheurs arriveront jamais à *connaître* la vérité, si quelqu'un sera à même d'étudier ? » (Vn, p. 305, je souligne). Son souci concerne bien la *connaissance* de ce qui est encore *inconnu*. Ce qui s'est passé est peut-être indépassablement de l'ordre de l'inconnaissable : « ils n'arriveront sûrement jamais à *connaître* la vérité, car personne n'est capable de l'imaginer avec la précision de l'événement. Car il est inimaginable que nous puissions exactement rendre compte de notre épreuve » (Vn, p. 308, je souligne), « ce n'est pas encore *toute* la vérité. La vérité est bien plus tragique, encore plus atroce » (Vn, p. 309, je souligne). Lewental est conscient que l'écriture ne peut transmettre toute l'horreur de ce qui a été vécu.

Il a aussi conscience du fait qu'il écrit depuis le fond le plus lointain de ce qui est *inconnu* du reste du monde : « Nous – un petit groupe de gens *obscurs* » (je souligne)[9]. Il insiste répétitivement, dans ces quelques pages, sur le fait que d'autres manuscrits ont été enterrés autour des crématoires : « sous les tas des cendres humaines, dans beaucoup d'endroits, cherchez bien, vous en trouverez beaucoup » (Vn, p. 305), « Cherchez encore, n'arrêtez pas de chercher. Il y a encore beaucoup de matériel caché qui vous sera très utile, vous, le vaste monde » (Vn, p. 306), « Quand vous aurez déterré ce cahier, cela vaut la peine de chercher encore. Cela a été enfoui au hasard dans plusieurs endroits. Cherchez encore ! Vous trouverez encore » (Vn, p. 309).

Le second texte de Lewental raconte, dans un style très exclamatif et souvent plein d'indignation, son départ du ghetto, le convoi en train, l'arrivée à Auschwitz le 10 décembre 1942, les gazages dès l'arrivée pour la plupart des déportés, son affectation au Sonderkommando en janvier 1943. Puis il évoque son ressenti à l'issue du premier jour de travail au Sonderkommando : « Alors, à quoi bon vivre encore ? A quoi bon une telle vie ? » (Vn, p. 273), « Pourquoi la vie est-elle si hideuse ? » (Vn, p. 274). Il se pose la question du suicide, et réfléchit sur la volonté de vivre. Il fait une distinction entre les membres du Sonderkommando qui ont fini par s'habituer et sont tombés dans l'indifférence et l'insensibilité, et ceux qui gardent une volonté de résistance et qui ont rédigé « divers matériaux susceptibles d'intéresser un jour le monde sur toutes ces atrocités » (Vn, p. 280). Il raconte alors les préparatifs de soulèvement du Sonderkommando et les difficultés de cette entreprise. Il mentionne Zalmen Gradowski et Lejb Langfus parmi les organisateurs. Il fait alors le récit de la révolte du Sonderkommando du samedi 7 octobre 1944. Pour l'instant, il a échappé à la répression de la révolte, mais il sait qu'« il n'en restera pas un seul du kommando » (Vn, p. 302) ; il sait que lui-même n'en sortira pas vivant, mais il tient à continuer d'écrire, d'enterrer des manuscrits, pour faire connaître au monde l'inconnaissable vérité, car « nous savons exactement ce qui s'est passé [–] au plus près de l'enfer » (Vn, p. 304), « nous sommes obligés […] de continuer à noter systématiquement, pour le monde, des chroniques historiques ; […] nous allons tout cacher sous terre » (Vn, p. 303), « Nous allons poursuivre notre action. Nous allons tout prouver et garder ces preuves pour le monde ; les garder simplement en les enfouissant dans la terre et dans les cendres. A celui qui voudra trouver, qui cherchera, nous disons : "Fouillez encore, vous en trouverez encore !" » (Vn, p. 302). La dernière note nous renvoie à *notre* responsabilité de récepteurs de ces textes : « nous allons continuer notre travail et c'est à vous de l'utiliser comme il faut lorsque vous l'aurez *connu* » (Vn, p. 304, je souligne). Le manuscrit

---

[9] C'est le mot que donne la traduction française du livre de Gigio Agamben, *Ce qui reste d'Auschwitz* (traduit de l'italien par Pierre Alferi), Editions Payot et Rivages, 1999, p. 10, qui cite ce passage. Dans le livre de Ber Mark, *Des Voix dans la nuit*, la traduction française à partir du yiddish donne : « Nous ne sommes que de petits groupes de gens simples » (Vn, p. 307). Dans le collectif *Des Voix sous la cendre*, la traduction française donne : « nous, petits groupes d'homoncules » (Vc, p. 124).

s'achève alors sur la date du 10 octobre 1944 (environ un mois et demi avant la mort de l'auteur).

Ces remarques de Lewental indiquent que beaucoup de textes ont été enterrés, beaucoup plus que les quelques uns qui ont été exhumés après la guerre (on sait en effet que des paysans polonais, notamment à la recherche de dents en or, ont trouvé des manuscrits et les ont jetés car ils en ignoraient l'intérêt). Beaucoup de textes écrits par des *inconnus*, qui méritaient d'être *reconnus*, resteront à jamais *inconnus*[10].

Il reste à parler d'un dernier manuscrit d'Auschwitz. L'auteur est anonyme (inconnu). Le texte est daté du 3 janvier 1945. Il s'agit de l'introduction à ce qui devait être un recueil de poèmes et de proses rédigés par des détenus, et qui devaient être rassemblés et enterrés dans des bouteilles. Mais les textes du recueil n'ont pas pu être rassemblés et enterrés, car, devant l'avancée de l'armée russe, les nazis ont décidé l'évacuation du camp le 18 janvier 1945. Les rédacteurs ont amené leurs textes avec eux et la plupart ont péri pendant ces marches de la mort. Les textes ont disparu aussi. Seule est restée l'introduction.

Ce texte est très révélateur des intentions de ceux qui ont continué d'écrire à Auschwitz pour « s'élever au-dessus de leur propre sort pour continuer à accomplir leur tâche pour l'éternité » (Vc, p. 247) : « Nous tous qui mourons, ici, dans la froide indifférence polaire des peuples, oubliés du monde et de la vie, ressentons pourtant la nécessité de laisser quelque chose pour l'éternité, sinon des documents accomplis, du moins des bribes. Que l'on sache ce que nous, les morts-vivants, avons ressenti, pensé, et dit » (*ibid.*). L'introduction indique que ces textes ne doivent pas être jugés avec des critères de valeur littéraires et esthétiques : « notre écriture ne doit pas être posée sur la balance littéraire. On doit l'envisager comme un document et en tant que tel, et considérer, non la valeur artistique de la chose, mais le lieu et le temps. Et le temps est – juste avant la mort » (Vc, p. 249).

*

Les textes écrits à Auschwitz échappent donc à la question du jugement de valeur esthétique. Nous respectons leur statut de document. Toute notion d'esthétisation d'un vécu aussi grave serait ici inadéquate et inopportune. Ces textes, cependant, font partie du domaine de *l'écriture* : pendant le temps de l'acte d'écriture, un homme a réussi à s'extraire de la condition dans laquelle il était enfermé, et, paradoxalement, il l'a fait en tentant de

---

[10] Le livre de Michel Borwicz, *Ecrits des condamnés à mort sous l'occupation nazie*, Editions Gallimard, 1973, collection « Folio Histoire », 1996, mentionne des textes écrits dans des situations voisines (autres camps, ghetto de Varsovie, prisons nazies). On pourra aussi s'intéresser aux quatre photos prises clandestinement en août 1944 par un membre du Sonderkommando auquel la résistance du camp avait réussi à procurer un appareil photo : voir le livre de Georges Didi-Hubermann, *Images malgré tout*, Editions de Minuit, 2003. Ces photos ont pu être sorties du camp, puis transmises le 4 septembre 1944 à la Résistance polonaise de Cracovie avec une note indiquant « que les photos agrandies peuvent être envoyées plus loin » (cité par Didi-Hubermann, p. 26) : « plus loin », c'est-à-dire à la Résistance de Varsovie, puis à Londres, puis… à la postérité, à l'avenir.

rendre compte de cette condition. C'est en tentant de dire au plus près son vécu que cet homme a réussi à s'en extraire mentalement et momentanément. Ces textes relèvent *aussi* du domaine esthétique, au sens premier de ce mot : écrivant, un homme a exprimé quelque chose de son ressenti, et il parvient à susciter chez son lecteur un ressenti particulièrement fort. Ainsi une communication est établie entre ceux qui étaient condamnés à rester les plus *inconnus* des hommes, et le reste de l'humanité qui en reçoit la *connaissance*. Ces textes dépassent toute réduction au seul « témoignage » ou au seul domaine de l'écriture « littéraire » : ils relèvent, non contradictoirement, des deux domaines, et plus encore, car ils touchent à quelque chose d'humainement essentiel.

Beaucoup de textes, nous le savons, ont été irrémédiablement perdus, resteront irréparablement inconnus. Ces textes enfermés dans des bouteilles ont été laissés par leurs auteurs comme bouteilles à la mer – ici dans une mer de cendres – sans savoir si un jour un lecteur les découvrirait.

Pour toutes ces raisons, ces textes, écrits dans des conditions extrêmes, dans des situations-limites, me semblent significatifs de l'expérience littéraire la plus authentique, celle où l'auteur écrit dans ce que Blanchot appelle « la solitude essentielle », « la nuit », la situation du « dernier homme » qu'est toujours un écrivain (et l'on sait que la connaissance de ce qui s'est passé dans les camps a marqué Blanchot dans sa réflexion sur l'écriture littéraire). Ces textes, écrits dans la solitude la plus absolue, ont été enterrés, inhumés comme un mort, dans l'attente qu'un lecteur les ressuscite, leur redonne vie. Ces textes d'outre-tombe, écrits par des hommes qui savaient qu'ils ne sortiraient pas vivants du camp, rejoignent ceux qui savent que nous ne sortirons pas vivants de cette vie.

Dire cela ne revient pas à nier la spécificité d'Auschwitz ni à la diluer dans l'expérience humaine en général. C'est, au contraire, garder à la situation d'Auschwitz sa spécificité d'expérience extrême qui dit quelque chose de la situation de tout homme écrivant. L'écriture d'Anne Frank, d'Hélène Berr, d'Etty Hillesum, l'écriture des membres du Sonderkommando d'Auschwitz-Birkenau, nous rejoint dans notre présent (tel était d'ailleurs leur souhait le plus profond), nous dit quelque chose de nous-mêmes et de tout homme écrivant. Ces textes si spécifiques ont en même temps une dimension universelle parce que profondément humaine, et cela même leur permet d'échapper à l'impasse où ils furent écrits et de rejoindre l'expérience existentielle de tout homme. Même la part d'incommunicable et d'inconnaissable qu'il y a en l'expérience d'Auschwitz rejoint et éclaire la part d'incommunicable et d'inconnaissable qu'il y a en tout être humain. C'est pourquoi ces textes, dont la lecture est pourtant si terriblement éprouvante, sont pour nous, en même temps, et avec leurs auteurs, d'authentiques *amis* (je reprends le mot de Gradowski s'adressant ainsi à son lecteur : « mon ami »). Ces *inconnus,* qui ont *connu* l'extrême de l'humanité, nous accompagnent, nous sont maintenant *connus*, et nous leur devons *reconnaissance*.

Eric BENOIT

未知の奥底で書く

アウシュヴィッツに残された手記

エリック・ブノワ
訳：中里 まき子

――フルビネク[1]に捧ぐ

本シンポジウムの主題「無名な書き手のエクリチュール」を考えるにあたって，私は，そうしたエクリチュールが実現しえる最も極限的な状況に注意を向けたいと思います。これから，二つのタイプのテクストを取り上げます。まず，出発点として，第二次世界大戦期に三人の若いユダヤ人女性によって書かれた日記を紹介し，続いて，アウシュヴィッツ強制収容所に残され，後に掘り起こされた手稿とともに，未知の奥底へと，さらに踏み込んでいきます。

1. 知りえないことの瀬戸際で

1 ―― アンネ・フランクが 1942 年 6 月に日記を書き始めたとき，彼女は 13 歳になったばかりでした。早くも 1942 年 6 月 20 日に，明晰さと謙遜を込めて次のように書きます。

> 日記を書くことは，私のような人間にとって，すごく変な感じがすること。書くのが初めてだからというだけでなく，私も，他の誰も，13 歳の生徒の打ち明け話にいつの日か興味を持つことなんてないでしょうから（p. 14）[2]。

戦争が終わった後の未来によって，この予言は否定されます。そのとき人々は，少女の打ち明け話に興味を持ち，アンネ・フランクの日記は世界的に知られるようになります。しかし，日記を書き始めた当時，アンネは，まさしく誰にも知られていない状況と，彼女の文章がおそらく永遠に知られることがないだろうという見込みを意識しています。誰にも知られないことは，アンネ・フランクの場合，潜伏生活を余儀なくされたことによって倍加されたようです。ユダヤ人迫害を逃れるべくアンネは家族とともに，父親が勤務していたアムステルダムの会社の「隠れ家」に身を隠さなくてはなりませんでした。そこで彼ら

---

[1]「フルビネクは何者でもなかった。それは死の子供，アウシュヴィッツの子供だった。彼はせいぜい 3 歳で，彼について誰も何も知らなかった。彼は話すことができず，名前もなかった。フルビネクという奇妙な名前は私たちが付けたもので，おそらく女性のひとりが，この子が時おり発する不明瞭は音のひとつをそのように表現したのだ。［…］名無しのフルビネクの細い前腕には，アウシュヴィッツの入れ墨が刻まれていた。フルビネクは 1945 年 3 月初めに死んだ。自由ではあったが，罪の贖いはなかった。彼は何も残しはしなかった。彼は，私の言葉を通して証言する」（Primo Levi, *La Trêve* [1963], Editions Grasset, 1966, Le Livre de poche, 2003, p. 21-22／邦訳：プリーモ・レーヴィ『休戦』竹山博英訳，岩波文庫，2010 年）。

[2] *Le Journal d'Anne Frank*, Editions Calmann-Lévy, 1989, Le Livre de poche, 2010／邦訳：『アンネの日記』深町眞理子訳，文春文庫，2003 年。

は，存在しないかのように，完全に気づかれずに（*incognito*）生活しなくてはなりませんでした。無名な書き手，人に知られぬ書き手という表現は，アンネ・フランクの場合，特別な意味合いを持つのです。

アンネは日記の随所で，「書くことへの欲求（*ibid.*）」と，戦後，ジャーナリストか作家になりたいという願望に言及します。日記以外に，彼女は物語を書いて周囲の人々に読んで聞かせていました。

1944 年 3 月 28 日，ロンドンに亡命したオランダ政府の大臣が，ラジオで，戦争中に書かれた文章を集めて戦後に刊行するという考えを放送します。この放送を聞いたアンネは，翌日の日記に記します。

> 昨夜，ボルケステイン大臣がラジオ・オーラニェで，この戦争について書かれた日記や手紙を戦後に編纂すると言っていた（p. 235）。

この日から彼女は，日記がより読みやすく，自分の文学的感性により合致したものとなるよう手を加えます。彼女はまた，いつか，日記という生の記録を小説へと書き変えることを検討します。「もし隠れ家についての小説を出版できたらおもしろいでしょう（*ibid.*）」。しかし彼女は直後に，もっと現実的で文学的ではない意図に立ち返ります。それは，実際に経験したことを**知らせる**ことです。

> 戦後 10 年ほど経ったとき，［人々に］私たちユダヤ人がここでどのように生きて，食べて，議論したかを語ること（*ibid.*）。

そして 5 月 11 日に彼女は付け加えます。

> 戦争が終わったら，私はとにかく『隠れ家』というタイトルの本を出版したい。そうできるかわからないけれど，私の日記は役に立つでしょう（p. 282）。

1944 年 4 月 5 日，アンネ・フランクは再びエクリチュールについて考察します。

> ジャーナリストになること，それが私の望み！　私には書くことができるとわかっている（p. 241）。

しかし彼女は自分の野望に対して謙虚でもあります。

> もし，新聞に書いたり本を書いたりする才能がないとしても，私は自分のために書くことができるでしょう［…］。書いているとき，私はすべてを投げ打ち，私の悲しみは消え，勇気がよみがえる！　でも，重要な問題がある。いつか私は立派なことを書けるでしょうか。ジャーナリストか作家になれるでしょうか（*ibid.*）。

同じ日の記述に，エクリチュールへのさらに深遠な動機を読み取ることができます。

> そう，私は，多くの人がそうであるように，何も成し遂げずに死ぬのはいや。私は，私の周囲に生きていて，私を知らない人たちにとって，役に立つ，快い人でありたい。私は生き続けた

い，自分の死を越えて（*ibid.*）。

アンネ・フランクのこの願いは叶えられます。1944年8月4日にアンネが家族とともに逮捕されたとき，日記は消失を免れました。9月初め，彼らはウェステルボルク中継収容所からアウシュヴィッツに移送され，続いてナチスがアウシュヴィッツから撤退した後，アンネはベルゲン＝ベルゼン収容所にて，1945年の2月か3月に命を落とします。そして1947年に，アンネの日記は，アウシュヴィッツを生き延びた彼女の父親によって刊行されます。

2 ── パリに住んでいたエレーヌ・ベールは，アンネ・フランクより数週間早く，1942年4月7日に日記を書き始めました。21歳になったばかりでした。1944年3月8日に逮捕されるまで，彼女は日記を書き続けます。家族とともにアウシュヴィッツに移送されたエレーヌ・ベールは，アンネ・フランクと同様に，ベルゲン＝ベルゼン収容所で1945年4月に没します。彼女の日記が出版されたのは2008年です。

エレーヌ・ベールは作家になろうとは考えていませんでしたが，文学を研究していました。ソルボンヌ大学で英文学を学び，キーツに関する博士論文を書こうと博士課程に在籍していました。日記では，彼女はときに，対独レジスタンスのために旅立った婚約者ジャンに向かって呼びかけます。

> 私はなぜこの日記を書いているかわかっている。ジャンが戻ってきたとき，もし私がいなくなっていたら，この日記を彼に渡してほしい（1943年10月27日，p. 190）[3]。

しかし彼女は自分のエクリチュールに，より幅広い目的をも見出しています。実際エレーヌは，ドイツ軍占領下におけるユダヤ人の状況とその運命を，多くのフランス人が知らないことを認識しています。

> 毎日あらゆる瞬間に，悲痛な経験が繰り返される。それは，**他の人たち**が知らないということ，彼らが，他人の苦しみや，ある人たちが他の人たちに課している苦痛を想像さえしないことに気づくという経験だ（1943年8月25日，p. 169）。

したがって，状況が**知られていない**ことこそが，彼女のエクリチュールを動機づけているのです。彼女は，何が起きているかを**知らせる**ために書くことを望んでいます。

> 私には書くことによって果たすべき義務がある。なぜなら，他の人たちも知るべきだから。[…] 私は**物語る**ために骨の折れる努力をする。なぜならそれは義務だから（*ibid.*）。

そして彼女は自分の日記を，戦後まで生き延びることができた場合に，彼女が文章を書く際に活用できる資源と捉えるようになります。

> だから，この時代がどうであったかを，将来，人類に示すことができるように，私は書くべきなのだろう。[…] 私にできるすべてのことは，将来，私が語りたくなったり書きたくなった

---

[3] Hélène Berr, *Journal*, avec une Préface de Patrick Modiano, Editions Tallandier, 2008／邦訳：『エレーヌ・ベールの日記』飛幡祐規訳，岩波書店，2009年。

りしたときに私の記憶の助けとなるような事実をここで書き留めることである（p. 171）。

数週間後の1944年1月24日に，身近な人たちの逮捕を記してから，彼女は同様の考えを述べています。

こうしたことすべてを，いったい誰が知っているでしょう。私が語らなくては（p. 266）。

しかし彼女は，自分自身がまだ逮捕されていない状態で日記を書いているため，逮捕後に何が起きるかを知らないことを認識しています。

それから先は未知の世界。強制収容された者だけの秘密である。[…] そのことを私は語りたいけれど，そこに行って苦しんだ人に比べたら，私にどれだけのことが語れるでしょう（1944年2月15日，p. 274-275）。

この「最果て」（*ibid.*）の向こう側を，エティ・ヒレスムは経験し，書き始めたのです。

3 ── アムステルダムに住んでいた，やはり作家志望の若いユダヤ人女性エティ・ヒレスムは，1941年3月8日，27歳のときに日記を書き始めました。彼女もまた，ユダヤ人たちの境遇を世界に知らしめるべく，書くことを望みました。

この時代のすべてを書き留めることができたら，そしてある日，たとえ断片的なものであっても，文章化することができたら，と私は願う（1942年7月7日，p. 666）[4]。

それでも何人かが生き残って，いつか，この時代についての年代記作家になるべきでしょう。私も，控えめながら，そのひとりになりたい（1942年7月10日，p. 673-674）。

いつか，私たちの苦しみについての年代記を書きたい。その物語に適した新たな言語を，自分で鍛え上げなくてはならない。そして，もし私が何かを書き留めることができなくなったら，すべてを自分のうちに保存しよう（1942年7月28日，p. 708）。

アンネ・フランクやエレーヌ・ベールと同様に，エティ・ヒレスムは自らのエクリチュールを，個人的かつ自伝的な次元を超えた，共同的な証言にしたいと望んでいます。自分のためだけでなく，同じ辛苦において結ばれたすべての他者のための証言とすることを。

1942年8月，エティはウェステルボルク中継収容所での最初の滞在を経験します。ユダヤ人会議によって，強制移送予定者の支援要員に指名されたためです。1942年10月3日，彼女は記します。

この生活を詩人として生きるために，収容所には詩人が必要である［…］。私は強制収容所全体の考える心になりたい（p. 750-751）。

1942年10月以降に書かれたエティの最後の日記帳は，彼女が収容所に持参したために

---

[4] Etty Hillesum, *Les Ecrits d'Etty Hillesum. Journaux et lettres 1941-1943*, édition intégrale, Seuil, 2008／邦訳：『エロスと神と収容所　エティの日記』大社淑子訳，朝日選書，1986年。

消失しました。しかし，ウェステルボルクから送った手紙によって，彼女は受取人たちに収容所での生活を伝えました。1942 年 12 月末に，同年の夏に記していた言葉を想起させています。「ウェステルボルクの年代記を書くべきでしょう（p. 815）」。1943 年 8 月 24 日の長い手紙では，収容所での苦しみに言及しながら，次のように自問します。

> ここで起きたことすべてを，果たして外の世界に向けて描き出すことができるでしょうか（p. 915）。

彼女は手紙において，そうした描写を試みています。数ページ前で，彼女は強制収容所へ移送される人たちの出発を描いています。

> 担架で列車まで運ばれていく老人が見える［…］。出発前に，妻と息子を祝福している父親が見える［…］。私には見える…　ああ！　これを一体どうやって描くことができるでしょう（p. 911）。

強制移送される人たちの個人的で伝達不可能な苦しみというこの極限において，エクリチュールは中断されるしかないようです。

エティ自身は 1943 年 9 月 7 日に強制移送され，その際，日記の最後の数冊を持参します。列車から，彼女は最後に二通の手紙を投げました。そして 1943 年 11 月 30 日にアウシュヴィッツで命を落とします。その死によって彼女の日記の最後の部分は消失し，それは私たちにとっておそらく永遠に**知りえない**ままでしょう。とくに，彼女がウェステルボルクで書いたすべてと，列車やアウシュヴィッツで書いたであろうことを。

それより先へ行くことは可能でしょうか。出来事の内側で，未知の奥底で書かれたものの読解を，さらに進めることは可能でしょうか。別の問い方をすると，まさしくアウシュヴィッツで書かれたであろうテクストは，発見されたのでしょうか（そうしたテクストは，例えばプリーモ・レーヴィやエリ・ヴィーゼルが，収容所を生き延び，解放された後に書いた本とは位置づけが異なります）[5]。

---

[5] ここで，アナ・ノヴァクの日記の特殊な状況に言及すべきだろう。アナ・ノヴァクは 1929 年に，ルーマニアのトランシルヴァニアに生まれた（アンネ・フランクも同年に生まれた）。1944 年 6 月，14 歳でアウシュヴィッツに移送されると，彼女は収容所で見つけた紙にメモを記した。アウシュヴィッツで約 3 週間を過ごしてから，クラクフ近郊のプラショウ労働収容所に移送された（この収容所は，スピルバーグ監督の映画『シンドラーのリスト』によってとくに知られるようになった）。プラショウ労働収容所でノートを入手することができた彼女は，日記を書き続けた。9 月中旬に再びアウシュヴィッツに移送された後も，別の収容所に退去させられるまでの数週間，彼女は日記を書き続けた。1944 年 10 月に病に倒れると，彼女にはもはや書くための体力がなかったが，終戦までの数ヶ月を過ごした複数の収容所で，自分の日記と生命を救うためにあらゆる努力をした。戦後はルーマニアに住み，1968 年以降はパリに住んだ（そこで 2010 年に没した）。1968 年，彼女はパリで，アウシュヴィッツとプラショウで書いた日記のフランス語訳を『私の青春時代の美しき日々』*Les beaux jours de ma jeunesse* というタイトルで出版した（まずジュリヤール社から刊行された後，1996 年にバラン社から再版され，続いて 2006 年にガリマール社のフォリオ叢書に入った。邦訳：『14 歳のアウシュヴィッツ　収容所を生き延びた少女の手記』山本浩司訳，白水社，2011 年）。フォリオ版では，アウシュヴィッツでの記述が冒頭の約 20 ページと終盤近くの約 50 ページ，プラショウでの記述が約 130 ページ，そして，最後の収容所での記述が最後の 50 ページを占める。日記には前書きが付されており，そこでアナ・ノヴァクは，収容所での彼女のエクリチュールについて次のことを説明している。「私は，文書や記憶（まさしく私自身の記憶）

2. 知りえないことの奥底で

アウシュヴィッツの地獄で書かれたテクストが，わずかながら存在します。そのテクストの書き手たちは生還しませんでした。それは，ゾンダーコマンドたちの手記です。ゾンダーコマンド（あるいは特殊コマンド）とは，強制収容されながらもガス室へ送られなかったユダヤ人男性のことで，彼らはナチスによって，おぞましい職務を遂行する要員として選別されました。彼らの職務は，ガス室から遺体を取り出し，女性の毛髪と金歯を取り除いてから，まずは地面の窪みで，それから焼却炉で，さらに，遺体の数量が焼却炉の容量を超える場合は，再び窪みで焼却し，遺灰を四散させること。アウシュヴィッツ＝ビルケナウ収容所のゾンダーコマンドは，1942 年から 1943 年にかけて 400 人を数え，1944 年 8 月には最高の 900 人に達しました。暫定的な生存者である彼らは一般的に，収容所の他の囚人たちよりもよい待遇を受けていました。というのも，結局のところナチスは，遺体処理作業の効率化を彼らに任せていたからです。よってゾンダーコマンドたちは，ナチスの犠牲者の中で唯一，絶滅を遂行する具体的なプロセスを知っていました。誰も**知る**はずのない現実の証人として，彼らは前もって，自分たちが最終的にナチスによって殺されることを知っていたのです（ナチスは証人を残さないことを切望し，ゾンダーコマンドの一部を抹殺することがありました)。1944 年 10 月 7 日に起きたゾンダーコマンドによる暴動の結果，彼らのうちの数百人が死亡しました。戦後まで生き延びて証言できたのは，数人

さえも留めることのできなかった詳細や，具体的で些細なこと，つまり，日常の記述によって人類の記憶を補うべく，この日記を書くという苦役を自分に課したのだと言うことができたらいいと思う。それは高尚だけれど，正しくはない！　少なくとも一日に一時間，スープを食べたいという強迫観念から逃れること！　群衆の中に，苦悶の中に沈み込むのを免れること。ある領域を，ある存在を持つこと。自分の運命に利する行為をしないこと。いずれにせよ，日記を書く以外の選択肢はなかったでしょう。もしそうしなければ，私はばらばらになって，他の人たちより先にくたばっていたでしょう」(p. 11)。アナ・ノヴァクはここで，すでに取り上げた三人の日記の書き手たちに関して指摘した，エクリチュールの大変重要な機能──戦後の人々に何が起きたかを知らせること──を相対化している。彼女にとって，エクリチュールの第一の機能は，自分が生き延びるのを可能にすることであった（生死に関わるエクリチュールの機能についての記述が，日記の随所にある)。そもそも彼女は，戦後の人々は彼女の証言をまったく理解しないだろうと考えている。「収容所で文章を書きながら，私は，戦争が終わったら，すべては理解不可能になるだろう，来るべき世界にとって意味不明だろうと確信していた」(p. 12)。しかしながら，戦後の人々によって読まれることを彼女が気にかけている箇所を日記の中に見つけることができる。例えば，「存在と事物との境界」で，「苦しんでいる物」にすぎない被収容者たちに関して書いた文章について，次のように述べている。「私のノート，あるいは私自身に何かあれば，文章は失われてしまい，それは残念なことだ。この文章は歴史家の役に立つことだろう──もし私たちの歴史が，時間に穴が開いたように，証人が不在のままでなければ──あるいは，この歴史が，いかなる証言も役に立たないほどの信憑性の欠如に陥らなければ」(p. 40)。後に，次の記述がなされる。「決算のときに，これらの文章が証言として認められるなら！　でも，もし私が唯一の読者になるとしても，やはり私は書くだろう！」(p. 71)。プラショウで，彼女はそれまでに書いたページを収容所の外に送り出すことに成功し，戦後，それを取り戻した。アウシュヴィッツで 1944 年 6 月と 9 月に書かれたページのために，この文章は，裏表紙にあるように，「ナチス絶滅収容所から救い出された唯一の日記」と言うことができるだろう。本稿で取り上げている書き手のうち唯一の生還者であるアナ・ノヴァクは，すでに言及した三人の日記の書き手たち──生き残らなかった──と，プリーモ・レーヴィやエリ・ヴィーゼルのような生還者との中間に位置している。彼女はまた，すでに言及した三人の日記の書き手たち──アウシュヴィッツより前に書いた──と，これから言及する書き手たち──アウシュヴィッツで書いた──との中間に位置している。

だけでした。

アウシュヴィッツで手記を書き残した人たちは，収容所から生還しませんでした。彼らは水筒や瓶に手稿を収めて，焼却炉の近くに埋めました。こうした手記の一部が，戦後になって発見されました（とりわけ，数少ない生還者の指示によって）。

これらのテクストは，まさしく未知の領域において，世に知られざるべき隠された犯罪の最も近くで書かれました。ゾンダーコマンドたちは，この**知りえない**ことが世界全体から**知られる**ために，知ることが完全に禁じられた事柄が告発され，世界中で知られるために書きました。彼らは，自分たちが生き残らないことを知りつつ書きました。彼らは，自分たちの手記が，いつの日か発見され，読まれるか否かを知らずにそれらを埋めました。したがって，無名な書き手，人に知られない書き手という表現は，ゾンダーコマンドの場合，極めて特異な意味合いを持ちます。

1943 年以降，とりわけ 1944 年にアウシュヴィッツ＝ビルケナウ収容所で書かれたテクストは，1944 年末にその書き手たちが死亡した後まで生き延びました。それらのテクストは，戦後，1945 年 3 月から 1962 年 10 月にかけて掘り出されました。それはまさしく，墓の彼方から私たちのもとに届きました。

これから，最もよく書かれている，三人のゾンダーコマンドの手記を取り上げて，考察してみたいと思います。まず，ザルメン・グラドヴスキの手記を詳細に検討してから，レイブ・ラングフスとザルメン・レヴェンタルの手記にも言及します。

1 ── 最初の書き手，ザルメン・グラドヴスキは，ポーランドの敬虔なユダヤ教徒でした。1944 年に，彼は 34 歳でした。戦前，彼は数編の短編小説を出版しようとしましたから，文章を書く素質があると思っていたはずです。グラドヴスキは，アウシュヴィッツの手記を最も多く残した書き手です。イディッシュ語で書かれ，一通の手紙を付された二つの手記が，早くも 1945 年 3 月 5 日に掘り起こされました[6]。

a) ── グラドヴスキの第一の手記の冒頭には，イディッシュ語のテクストの前に，次の文章が四つの言語（ポーランド語，ロシア語，フランス語，ドイツ語）で記されます。「この文書を見つけた方には，それが重要な歴史資料であることをご承知いただきたい（Vc, p. 24）」。この手記は，1942 年 12 月に，グラドヴスキと家族とをアウシュヴィッツに運ん

---

[6] グラドヴスキの第一の手記と手紙は『灰の下の声：アウシュヴィッツ＝ビルケナウのゾンダーコマンドの手記』（Georges Bensoussan, Philippe Mesnard, et Carlo Saletti, *Des Voix sous la cendre. Manuscrits des Sonderkommandos d'Auschwitz-Birkenau,* Editions Calmann-Lévy, 2005, Le Livre de poche, 2006）の 37 ページから 100 ページに，そして第二の手記「地獄の心臓部へ」の抜粋は同書の 179 ページから 213 ページに収録されている（以後，同書を Vc と略記する）。イディッシュ語テクストの仏訳は，モーリス・プフェフェールによってなされた。第二の手記の全文は，ザルメン・グラドヴスキ『地獄の心臓部へ』（Zalmen Gradowski, *Au cœur de l'enfer,* traduit du yiddish par Batia Baum, Editions Kimé, 2001, Editions Tallandier, 2009）として刊行された（以後，同書を CE と略記する）。イスラエル人の歴史家ベール・マークは，グラドヴスキの第一の手記と手紙を『夜の声：アウシュヴィッツのユダヤ人による抵抗』（Ber Mark, *Des Voix dans la nuit. La résistance juive à Auschwitz* [1977], traduit du yiddish par Esther et Joseph Fridman et Liliane Princet, Editions Plon, 1982）においてすでに刊行していた（以後，同書を Vn と略記する）。後ほど言及するレイブ・ラングフスとザルメン・レヴェンタルのテクストは，Vn と Vc に収録されている。

だ列車での強制移送を語っています。「アウシュヴィッツ＝ビルケナウで焼かれた家族に捧ぐ」と始まる献辞には，家族の名前が列挙されます（Vc, p. 37)。灰燼に帰したこれらの**名もなき**人々の名前が，ここに残されます。著者は，自分のためだけでなく，彼らのためにも証言します。

グラドヴスキのテクストの特徴は，それが，明確な文体の効果をもって文学的に書かれていることです。例えば，冒頭の数ページでは，いくつかの段落が，繰り返される同じ連祷の形式によって，反復的に書き出されます。

> 世界の自由な市民である君，私のほうへ来なさい［…］そしたら君に話しましょう［…］君に見せましょう［…］(Vc, p. 37-38)。

孤独の奥底にいる語り手は，列車で強制移送される自分に仮想的に付き添う読者に呼びかけ，この読者に，反復的な活写法によって見せようとします。

> 来なさい，わが友よ，立ち上がって［…］私と一緒に行きましょう（Vc, p. 39)。
>
> なぜなら，君は見るべきだから［…］聞いて［…］見ることになるでしょう［…］(Vc, p. 41)。
>
> 見なさい，わが友よ（Vc, p. 44-45)。

この最後の表現は，とりわけ頻繁に繰り返されます。語り手は，自分が見たことを，彼の読者の眼差しのもとに置きつつ描き出します。この仮想の読者を通して，実際の読者である私たちが，それを見ることになります。続いて，列車での強制移送が語られます。

> 来なさい，わが友よ，この移動式の牢屋を見て回りましょう。見なさい［…］。見なさい，わが友よ［…］。君は気づくでしょう，わが友よ［…］。もっと遠くまで来れば，君は見るでしょう［…］(Vc, p. 56-57)。

テクストは，読者の眼差しのもとに被収容者たちを描き出します。

> もっと遠くまで来れば，君は見るでしょう。ひとりの女性が小さい子供を腕に抱いて立ち，夫が彼女の側に立っている［…］(Vc, p. 57)。

この家族の伝記が数行で素描されます。

> ご覧なさい，深い桜桃色の目をした幼いかわいい娘を，彼らがどのように見ているかを。そして，彼らの思考を，心配そうな表情から読み取りなさい（Vc, p. 58)。

ここで，両親の思考が語り手によって再構成されます。続いてテクストは，母親の思考と娘の思考を直接話法で再構成します。私たちは，グラドヴスキのテクストが，自伝のレベルを超えて，他者に開かれ，様々な無名な人々の人生に合流していることに気づきます。被収容者たちを指す「私たち nous」という代名詞は，他の代名詞と入れ替えられます。より一般的な「人々on」や，より客観的な「彼ら ils」，そして，より個人的な「各自 chacun」。

ときに語り手は，自分自身に語りかけたり，自分と同一視している読者に呼びかけるために,「君 tu」を用います。

今，君は気づくでしょう（Vc, p. 63)。

君は窓から見る（Vc, p. 67)。

これらのページを通して，語りの視点は不安定で，絶えず移動します。テクストは私たちに，語る主体を交代させつつ，多様な視点から現実を把握させます。というのも，この集団的な移送において，各自の個人的な運命が問題になっているからです。この文章の中程で，書かれた痕跡を残す無名の人の状況は，入れ子状態のようになります。過去に移送された被収容者によって書かれた言葉が，列車の仕切り壁に残されているのが見つかります。その言葉は，後に移送される人々に向けられています。「いかなる痕跡も残さずに旅立った」人々は,「私たちに確実な記号を残した」。「そして今，私たちも彼らの例に倣って，近日中にこの同じ列車に乗り込むはずの人々に向けて，言葉を残そう（Vc, p. 65)」。

アウシュヴィッツへの到着を語るページでは，代名詞「君 tu」が，回想する語り手と，彼が呼びかける読者とを統合し続けます。

君はすぐに，頭にこのような衝撃を受ける（Vc, p. 78)。

様々な思考が君の脳裏で絡み合う（Vc, p. 79)。

君は，誰より愛し，慈しむ人たちの運命について，あまりに心配になっている（Vc, p. 83)。

そしてときに，一人称単数が再び現れます。

到着したのは間違いなく私の母と姉妹である（Vc, p. 82)。

それでも，取り返しのつかない事態を述べるために,「君 tu」が戻ってきます。

君の家族はもう生きてはいない（Vc, p. 85)。

そして，ガス殺されなかった被収容者たちが経験した個性の喪失を述べるために。

各自は番号を受け取る。それ以後，君は君の自我を失う。君の存在は番号に変わった。君はもう，かつてそうであった存在ではない。今，君はひとつの番号だ（Vc, p. 86)。

やがてそれは,「人々on」の非人称性へと滑り込みます。

人々は目を回し，途方に暮れている。人々は周囲を見る。ここは一体どこなのか（Vc, p. 88)。

この稀有なテクストでは，叙述の不安定さゆえに，老若男女問わず，様々な境遇の人たちの内的思考が伝えられます。名もなき人々が，私たちの眼差しのもとによみがえります。

語りの不安定さは，経験していない人には決して伝達しえないと思われる感慨を少しでも読者に伝えるためにも有効です。それはまた，収容所における存在の指標の喪失を伝えています。完全なる未知の世界において存在の指標が奪われた状況で，暫定的な生存者のグラドゥスキにとって，エクリチュールは抵抗の身振りであり，自我を取り戻して是が非でも人間の世界ともう一度繋がるための試みでした（そして反復は，拠り所となるものがもはや何もない世界において拠り所にできる固定点なのです)。

このグラドゥスキの第一の手記には，書き手の意図を明らかにする手紙が付されています。ここで，数行を引用します。

> 私はこの文章と多数の覚え書きを，平和な未来の世界のために書き残したいと思った。ここで起きたことを知らせるために。私はそれを，最も安全な場所と思われる灰の中に埋めた。死んだ数百万の人々の痕跡を見出すために，間違いなく掘り返されるだろうから。[…] 覚え書きのノートやその他の文章は，完全に焼却されなかった血や，骨や肉に満ちた穴に残されている。[…] 親愛なる発見者よ，地面のあらゆる部分を探してくれ。地面に，数十の文書が埋められている。それは，私と，他の人たちの文書で，ここで起きたことに光を当てるだろう。[…] 私たちはといえば，解放の日まで生きるという希望を完全に失ってしまった。[…] 私はこの数行を，最も危険な瞬間に書いている（Vc, p. 98-100)。

実際この手紙には 1944 年 9 月 6 日の日付があり，そのときグラドゥスキはゾンダーコマンドによる暴動が切迫していると考えていました。暴動は一ヶ月後に起こり，そこで彼は命を落とします。

b) ── グラドゥスキの第二の手記『地獄の心臓部へ』は，三部構成で，各部には前書きが付されています。

第一部の前書きでは，再び，読者への呼びかけがなされます。

> 親愛なる読者よ。この文章は［…］私たちが［…］アウシュヴィッツ＝ビルケナウという名のこの世の地獄で受けた苦しみと痛みの物語だ（CE, p. 33)。

他の人間たちから遠く離れたところで書いている著者にとって，読者の獲得がいかに深刻な懸念材料であったかがわかります。ところでグラドゥスキは，**未知の**事柄が本当に**知られる**ようになることを妨げる要因をめぐって，ある危惧を抱きます。「ここで起きたことの真実を，誰も信じようとしないだろう（*ibid.*)」。グラドゥスキはまた，アウシュヴィッツでの経験の全貌を文章で伝えることはできないという認識を持っています。書くことができるのは「ここで実際に起きたことのうち，わずかな部分にすぎない」，「私は，少なくともこの現実の微小な部分が世界に届くことを意図して書く（*ibid.*)」。そして彼は続けます。

> それが私の存在の唯一の目的であり，唯一の意味である。私はここで，きっと私の文章が君に届くだろうという考え，この希望とともに生きる（CE, p. 34)。

「親愛なるこの文章の発見者」，「わが友」に宛てられた前書きの続きで，グラドゥスキは，彼のテクストが出版されること，それも，彼が妻とともに写っている写真を添えて出版されることを望んでいます。それから彼は，1942 年 12 月 8 日にガス殺され，焼き捨てられた家族の名前を列挙します。そして，胸を締めつける次の言葉で前書きを終えます。「墓の入口に立つ者，それは私（CE, p. 36）」。

グラドヴスキの第二の手記，第一部は，月への祈りです。この詩的散文は，疑問詞「なぜ」の 20 回に及ぶ反復によってリズムが与えられます。

> 冷たい月よ，世界を覆った惨たらしい喪に，なぜ無関心でいるのか。[…] 君は喪の黒雲のヴェールを被るべきだろう（CE, p. 42）。

グラドヴスキは，空の月に語りかけます。まるで，空にはもはや神がいないかのように。まるでグラドヴスキが，人類が消え去った世界にいるかのように。

> 聞いてくれ，月よ，私は君に語り，ある秘密を打ち明けよう。[…] これからは，君が私の唯一の友（CE, p. 44）。

> もはや心を痛める人はひとりもいない [...]。君は，この不幸の唯一の証人。私の民族と私の世界の破壊の唯一の証人（CE, p. 47）。

この完全に孤独な状況以上に人に**知られない**ということが，果たして可能でしょうか。ここで書いているのは，ブランショの表現を借りるなら，最後の人間です。よってグラドヴスキは，月に向かって，見せたり，**知らせ**たりします。

> こっちへおいで，親愛なる月よ，ここに来て。君に墓を見せてあげよう。私の民族の墓を（CE, p. 44）。

> こっちへおいで，月よ，暗く呪われたこの地に，君の輝く眼差しを注いでくれ（CE, p. 46）。

依然として月への呼びかけである最後の数ページは，連祷形式で執拗に反復される表現「ご覧なさい（CE, p. 45-46）」によってリズムが与えられます。この表現は 10 回以上にわたって，強制移送，ガス室，死体焼却炉の描写的表現を導入します。ここで，月の超越的な視点をとる活写法は，読者の眼差しの存在を陰画として描き出します。それは，仮説的な読者の存在しえない眼差しです。

グラドヴスキの第二の手記，第二部は，ゾンダーコマンドのうち 200 人がナチスによって「選別」され，殺された日を語ります。1944 年 2 月 24 日のことです。やはりテクストは，読者に宛てられた前書きから始まります。

> 親愛なる読者よ！　私はこの著作を，我々から奪われた同志たち，愛しい兄弟たちに捧げる [...]。私は彼らにこの文章を捧げる（CE, p. 51）。

グラドヴスキの個人的なエクリチュールは，同胞愛へと開かれています。彼のエクリチュールはまた，**未知**でありえた事柄を**知らせ**ようという欲求に突き動かされています。

親愛なる読者よ，いつか君が理解したいなら，私たちの「自我」を知りたいなら，この文章について考えてみなさい。そこで私たちがどうであったか，想像することができるだろう［…］。私はまた，この文章を君に捧げよう。せめて部分的にでも君が，私たちの民族の子供たちが，どのように，どんな残虐な仕方で虐殺されたかを知りえるように（*ibid.*）。

それからグラドゥスキは再び，彼のテクストが，彼が妻とともに写っている写真を添えて出版されることを望み，再度，虐殺された家族の名前を列挙します。

「選別」の物語は，すでにグラドゥスキのテクストに見出した不安定な叙述によって語られます。次のように，人称代名詞や不定代名詞が入れ替わります。「私たち nous」から「みんな tous」そして「各自 chacun」へ（CE, p. 56-57），「各自 chacun」から「人々on」そして「君 tu」へ（CE, p.70-71），「みんな tous」から「私たち nous」，「私たちの各自 chacun de nous」そして「彼 il」へ（CE, p. 93）。単数人称は，ある個人の思考における内面化を可能にします。ときに，グラドゥスキは自分のことを三人称で語ります。「彼は思い出す［…］。自分の目で，彼は，家族が炎の中で燃えるのを見た（CE, p. 82）」。他の箇所で，彼は自分自身に対し二人称で語りかけます。最後にテクストは，選別を生き延びた敬虔なユダヤ人の祈りに言及し，彼らの祈りは，亡き者とされた同胞たちの名前を想起させます。グラドゥスキのテクストはそれ自体，死者たちへの祈り，カディッシュではないでしょうか[7]。

この側面は，グラドゥスキの第二の手記，第三部において，さらに際立ってきます。第三部では，1944 年 3 月 8 日に行われた，チェコから移送されてきた女性たちのガス殺が語られます。前書きの語り口は大変切迫しています。数行を引用してみます。

親愛なる読者よ，私はこれらの言葉を，最も深い絶望のときに書いている［…］。でも，世界の自由な市民よ，もしこの文章が君に届いたら，私は幸せだ。［…］親愛なる発見者よ！　私は君に頼みたいことがある。実際のところそれは，私が書いている本当の理由だ。死を免れえない私の人生が，せめて何らかの意味を持つように。地獄の日々が，出口のない明日が，未来において目的に適うように。私は君に，アウシュヴィッツ＝ビルケナウの地獄で起きたことの最小限，ほんの微細な部分を伝えるのみである。君は，現実がどうであったか，想像することができるだろう。私は他にもたくさんのことを書いた。あなた方はきっと，その痕跡を見つけることと思う。そして，そういった文章から，私たちの民族の子供たちがどのようにして虐殺されたかを思い描くことができるだろう［…］。ここに書くことはすべて，私自身が，自分で経験したことで［…］積み重ねられたすべての悲嘆と，私が塗れている苦痛，私の耐え難い苦悩に対して，この状況ゆえに，ただエクリチュールによって表現を与えることしかできなかった（CE, p. 109-111）。

この前書きに続いて，チェコから移送されてきた女性たちのガス殺の物語が，多数の反復や回帰的構造を駆使して語られます。テクストは数回にわたって，直接話法で，犠牲者たちの内的独白を集合的に伝えたり，ある特定の犠牲者の内的独白を個別に伝えたりします。こうして彼女たちに声を与えながら，テクストは，やがて痕跡さえ残すことなく死ん

---

[7] ゾンダーコマンドの生き残りズラマ・ドラゴンは，毎日おぞましい仕事の後で，ザルメン・グラドゥスキが，遺体を焼却しなければならなかった人々のためにカディッシュを唱えていたと証言した。

でいく無名の人々の思考や感慨の内側に，私たちを入り込ませます。テクストは，犠牲者たちの視点と，ガス室への彼女たちの入室になす術もなく立ち会うゾンダーコマンドたちの視点とを結合させます。

> 私たちは彼女たちを哀れみをもって眺める（CE, p. 153）。

> 私たちは，彼女たちとともに経験し，苦しんでいる［…］。私たちの心臓は哀れみで膨らんでいる（CE, p. 155）。

こうしてグラドヴスキは，課せられた恐ろしい職務ゆえに他の被収容者たちからしばしば怪物と見なされたゾンダーコマンドが，どのように感じていたかを知らせてもいます。哀れみを強調することによって，グラドヴスキは，あまりに**理解されなかった**人々についての，ある真実を回復させようとしています。

このテクストの最後の数ページでは，ガス殺が終わって扉が開かれる場面と，遺体の光景が描かれます。

> 凍りついた両目が君を見つめて，まるで君に，「私のことどうするつもりなの，兄弟」と尋ねているよう（CE, p. 193）。

続いて，焼却炉での遺体の焼却が描写されます。

> そして君には，激しい炎のぱちぱちいう音が聞こえる（CE, p. 195）。

続く複数の段落は，犠牲者たちの人生を想起させてから，反復的に，次の表現で締めくくられます。

> そして数分後には，彼女たちの痕跡は一切残らないだろう（CE, p. 196）。

グラドヴスキのテクストはまさしく，あらゆる痕跡を残さない人たちの痕跡であり，何も残さない人たちの遺骸であり，すなわち，形跡さえ残さずに消し去ろうとされた名もなき人々の存在を認識する手段なのです。グラドヴスキ自身は，犠牲者たちと繋がりつつ，彼のテクストの読み手たちとも繋がっています。**彼は**犠牲者たちと私たちとの紐帯なのです。

いかなる痕跡も残らないはずの事柄の目撃者となったグラドヴスキは，彼自身の死後に訪れるであろう未来の世界のために証言することを，自らの使命と感じました。しかしそれだけでなく，書く行為自体によって，短い時間であっても，語り手は自分の恐ろしい運命から精神的に逃れることができたはずです。**それ**を書くことによって，一時的に**それ**を逃れることができました。言葉のおかげで，距離をとることができたのです。こうした文章の**文体**を，まさしくこの逃避の証左，非人間化への抵抗と残された人間性の証左と見なすことができます。文体は，歴史的事実を語る証言における真実性の構成要素となります。それゆえこの文体は，これほど深刻な内容に対して場違いで不適切な，うわべの美化装置にはなっていないようです。グラドヴスキはこの文体を欲しました。彼は，対象を的確に捉えるために，精神的な救いとなる距離を確保するために，そして，読み手を感動させるために，この文体を必要としたのです。テクストの**文学的**価値は，現実を伝える**資料としての**価値を高めも貶めもしません。この二つの価値は両立します。文学的に書くことはグラドヴスキにとって，非人間化と主体性の破壊の現場において，人間性と主体性の抵抗を実行する手段でした。エクリチュールの行為自体が，グラドヴスキに，あまりに遠い他の人類との紐帯を保つことを可能にしました。そして，テクストに描かれた仮想の読者を通して，さらに遠くにいる未来の現実の読者たち，つまり，私たちを視野に入れることを可能にしました。テクストは繰り返し述べます。このテクストの存否は，現実の読者である私たち次第であることを。まさしく**知りえない**はずのことが，**知られる**べきであることを[8]。

2 ── アウシュヴィッツ＝ビルケナウ収容所で掘り起こされた手記の二人目の書き手は，ラビの裁判官，レイブ・ラングフスです。イディッシュ語で書かれた彼のテクストは，1945年4月と1952年4月に発見されました。彼はそこで，事実に忠実に，文体の効果を狙うことなく，強制移送された被収容者たちが次々と到着するのを日付とともに語ります。彼はほとんど自分のことを語りません。彼は，ある匿名の犠牲者の，ガス室に入る直前の行動や発言を書き留めます。彼の簡素なエクリチュールは，ありのままの現実を，この上なく悲痛なかたちで提示します。私はここで，ラングフス自身が1944年11月26日に，ガス殺される前に書いた最後の数行を引用します（それは十分に雄弁なので解説せずに）。

> 地中に埋めた私の様々な描写とメモを，誰かに集めてほしい［…］。それらは，様々な壷や瓶に入れられて，第二焼却炉の庭にある。［…］誰かがそれらを順序通り並べて，「残虐さの恐怖の中で」というタイトルを付けてすべて印刷してほしい。私たち，170人の生き残りは，もうすぐサウナへ行くだろう。私たちは，殺されることを確信している。彼らは，第四焼却炉に残る30人を選んだ。本日，1944年11月26日（Vc, p. 113）。

アウシュヴィッツで発見されたテクストの三人目の書き手は，ザルメン・レヴェンタルです。タルムードを学ぶ学生で，1944年には26歳でした。彼は1942年12月10日にアウシュヴィッツ＝ビルケナウに到着し，一緒だった家族は即座にガス殺されました。そして1943年始めにゾンダーコマンドとして配属されました。レヴェンタルのテクストは，1961年7月と1962年10月にイディッシュ語で書かれた二つの手記が発見されました。紙が腐敗していて，多数の文字が判読不可能なせいで，読解は不完全なものとなります。こうして，未知の奥底で書かれたという手記執筆の状況と，1944年末の書き手レヴェンタルの死に，多数の断章の喪失が加わります。

レヴェンタルの第一のテクストには，1944年8月の日付があります。それは，強制移送前のウッチのゲットーでの生活環境を別の人が述べた手記を紹介する文章です（そのためこのテクストは「ウッチの手記への補遺」と題されます。ウッチの手記は強制移送前に書かれたものなので，本稿では言及しません）。レヴェンタルは，このゲットーの記述が，戦後の研究者たちにとっていかに興味深いものであるかを強調します（Vn, p. 305-309）。

---

[8] グラドヴスキのテクストについては，フィリップ・メナールの二つの論文を参照することができる（CE, p. 199-231 ; Vc, p. 215-243）。

これは社会学者たちの役に立つだろう。

残りを，歴史学者と研究者たちに委ねよう。

事実，報告，様々な情報は確かに興味深いもので，未来の歴史家にとって有益であろう。

これは，未来の研究者や歴史家，そして，心理学者にとってはなおさら，戦争と苦痛の歴史についての明確な描写となるだろう。

しかしレヴェンタルは，テクストの受容について心配しています。「こうした研究者たちがいつか真実を**知り**えるか，誰かがそれを学びえるかはわからない（Vn, p. 305，強調引用者)」。彼の懸念はまさしく，**未知**の事柄を**知る**ことに関わっています。そこで起きたことは，おそらく不可避的に，知りえないことの次元にあるのです。

彼らは決して真実を**知り**えないだろう。出来事を明確に想像することは，誰にもできないだろうから。私たちが受けた試練を正確に伝えることは，私たちには思いもよらないことだから（Vn, p. 308，強調引用者)。

これはまだ，真実の**すべて**ではない。真実はより一層悲劇的で，より一層残虐である（Vn, p. 309, 強調引用者)。

レヴェンタルは，経験された恐怖をすべてエクリチュールで伝えることはできないと認識しています。

彼はまた，他の人々にとって**未知**なる世界の，最も深いところから書いていることを認識しています。「私たち──**名もなき**人間たちの小さな集団（強調引用者）[9]」。これらの数ページで，彼は，焼却炉周辺に他の手記が埋められていることを繰り返し強調しています。

遺灰の堆積の下を，様々な場所を，よく探してください。たくさん見つけることができるでしょう（Vn, p. 305)。

もっと探してください。探すのを止めないで。巨大な世界であるあなた方にとって大変有益な資料が，まだたくさん隠されています（Vn, p. 306)。

あなたがこのノートを掘り出したなら，もっと探す労をとるに値します。行き当たりばったりに，様々な場所に埋められています。もっと探してください！　あなたはさらに見つけるでしょう（Vn, p. 309)。

---

[9] このレヴェンタルの言葉は，邦訳『アウシュヴィッツは終わらない　あるイタリア人生存者の考察』(竹山博英訳，朝日選書，1980年）として知られるジョルジョ・アガンベンの著書に引用されており，その仏訳において「私たち──名もなき人間たちの小さな集団 Nous – un petit groupe de gens obscurs」と訳されている（Giogio Agamben, *Ce qui reste d'Auschwitz*, traduit de l'italien par Pierre Alferi, Editions Payot et Rivages, 1999, p. 10）。ベール・マーク編『夜の声』では，この箇所のイディッシュ語からの仏訳は「私たちは慎ましい人間たちの小さな集団にすぎない Nous ne sommes que de petits groupes de gens simples」とされている（Vn, p. 307）。『灰の下の声』における仏訳は「私たち，でき損ないたちの小さな集団 nous, petits groupes d'homoncules」とされている（Vc, p. 124）。

レヴェンタルの第二のテクストは，大変感情的な文体で，しばしば憤りを込めて，ゲットーからの出発や，列車での強制移送，1942 年 12 月 10 日のアウシュヴィッツへの到着，到着するなり大多数の被収容者が犠牲となったガス殺，1943 年 1 月のゾンダーコマンドへの配属を語ります。そして彼は，ゾンダーコマンドの初日の仕事を終えたときの感慨を述べています。

> まだ生きていて何になる？　こんな人生が何になる（Vn, p. 273）？
>
> なぜ人生はこんなに忌まわしいのだろう（Vn, p. 274)。

彼は自ら命を絶つことについて自問し，生きる意志をめぐって考察します。彼は，ゾンダーコマンドのメンバーのうち，仕事に慣れて，無関心と無感覚に陥ってしまった人たちと，抵抗の意志を持ち続ける人たちとを区別しています。後者は，「すべての残虐さについて，やがて世界の関心を惹くであろう多様な資料（Vn, p. 280)」を書きました。そしてレヴェンタルは，ゾンダーコマンドによる反乱の準備と，この試みの困難さを語ります。彼は，首謀者として，ザルメン・グラドヴスキとレイブ・ラングフスの名を挙げています。それから，1944 年 10 月 7 日土曜日のゾンダーコマンドによる蜂起の物語を記します。さしあたり，彼は蜂起弾圧を逃れましたが，彼は，「ゾンダーコマンドのうち，ひとりたりとも生き残らない（Vn, p. 302)」ことを知っています。自分自身も生き残らないことを知りつつ，彼は，未知なる真実を人々に知らせるために，書いて，手記を埋めることに拘泥します。その理由は次のように述べられます。

> 私たちは，地獄に最も近いところで［…］一体何が起きたかを正確に知っている（Vn, p. 304)。
>
> 私たちは，人々のために，年代記を機械的に書き続けるという［…］義務を負っている。[…]
> 私たちはすべてを土の下に隠すだろう（Vn, p. 303)。
>
> 私たちは，自分たちの活動を継続するだろう。私たちはすべてを証明し，これらの証拠を人々のために保存するだろう。それらを，ただ土と灰の下に埋めることによって保存するだろう。見つけたい人，探したい人に，私たちは言おう。「もっと掘れば，あなたはもっと見つけるでしょう」と（Vn, p. 302)。

最後のメモは，こうしたテクストの受け手である**私たち**の責任について考えさせます。

> 私たちはこの仕事を続けるだろう。そして，あなたがそれを**知った**とき，然るべき方法でそれを活用するのは，あなたなのです（Vn, p. 304，強調引用者)。

そして手記は，1944 年 10 月 10 日の日付で終わっています（それは，書き手の死の一ヶ月半ほど前です)。

レヴェンタルのこれらの注記によって，戦後に掘り起こされたのはほんの一部に過ぎず，実際には遥かに多くのテクストが埋められたことがわかります（実際，ポーランドの農民たちが，収容所の跡地で金歯を探しているうちに手記を見つけて，その価値がわからずに投げ捨てたことが知られています)。**無名の**書き手たちによって書かれた，**正当な評価を受ける**べきであった多数のテクストが，永久に**未知**であり続けるのです[10]。

続いて，アウシュヴィッツの最後の手記を取り上げましょう。その著者が誰であるかはわかりません。テクストには 1945 年 1 月 3 日の日付があります。それは，被収容者たちによって書かれた詩と散文の文集のための序文で，それらの作品は集められ，複数の瓶に入れられ，埋められるはずでした。しかし実際には，文集の諸作品が集められ，埋められることはありませんでした。ロシア軍の進軍に備えて，ナチスが 1945 年 1 月 18 日に収容所の撤収を決断したためです。書き手たちは彼らの作品を持ち出し，その多くは，死の行進の最中に命を落としました。そして作品も消失し，ただ，文集の序文だけが残されたのです。

このテクストは，アウシュヴィッツで，「未来のための仕事を成し遂げるべく，自らの運命を乗り越えて自己を高めるために（Vc, p. 247）」書き続けた人々の意図を知る上で，大変示唆的です。

> 世界からも生命からも見捨てられて，ここで，人間の冷徹な無関心の極点で死んでいく私たちは皆，未来のために何かを残す必要性を感じている。完成された文書でなくても，少なくとも断片を。生きた死人である私たちが，感じ，考え，発言したことを，人々に知ってもらえるように（*ibid.*）。

文集の序文は，収録される作品が，文学的・美学的価値基準によって評価されるべきではないと述べます。

> 私たちのエクリチュールは，文学の天秤に載せられるべきではない。それを，資料として，ありのままに見るべきである。芸術としての価値ではなく，書かれた場所と時間を考えるべきである。そして，時間とは――死の直前のこと（Vc, p. 249）。

*

したがって，アウシュヴィッツで書かれたテクストは，美的価値判断の問題を免れています。私たちは，その資料としての身分規定を尊重します。これほど深刻な現実を美化するという一切の考えは，不適切で時宜を得ないものでしょう。それでも，こうしたテクス

---

[10] ミシェル・ボルヴィクス『ナチス占領下で死を宣告された人々のテクスト』（Michel Borwicz, *Ecrits des condamnés à mort sous l'occupation nazie*, Editions Gallimard, 1973, collection « Folio Histoire », 1996）は，類似の状況（他の収容所，ワルシャワのゲットー，ナチスの刑務所）で書かれたテクストに言及している。さらに，1944 年 8 月にゾンダーコマンドのひとりによって収容所内で秘かに撮影された四枚の写真を検討することも可能だろう。収容所のレジスタンス組織が，このゾンダーコマンドにカメラを渡すことに成功したのである。本件については，ジョルジュ・ディディ＝ユベルマンの著書を参照されたい（Georges Didi-Hubermann, *Images malgré tout*, Editions de Minuit, 2003／邦訳：『イメージ，それでもなお　アウシュヴィッツからもぎ取られた四枚の写真』橋本一径訳，平凡社，2006 年）。これらの写真は収容所から持ち出され，「拡大した写真をより遠くへ送ってよい」というメモとともに，1944 年 9 月 4 日にクラクフのポーランド・レジスタンスへと伝えられた（Didi-Hubermann, p. 26）。「より遠くへ」，すなわち，ワルシャワのレジスタンスへ，ロンドンへ，そして後世へ，未来へ。

トは，**エクリチュール**の領分に属します。書く行為が持続する間，ある人は，追いやられていた状況から解放されるに至りました。しかも逆説的なことに，彼が解放されたのは，まさしくその状況を伝える試みを通してでした。この人物は，自らの体験を，その最も近くで語ろうと試みることによって，一時的に，精神面での解放を実現しえたのです。よってこうしたテクストは，言葉の第一義的な意味において，美学的領分**にも**属しています。書く行為を通して，ある人が，自分の感慨の幾ばくかを表現し，そして彼は読者のうちに，とりわけ強い感慨を惹起するに至ります。こうして，最も世に**知られず**に留まることを余儀なくされた人々と，その存在を**知る**こととなった残りの人類との間に，コミュニケーションが成立します。こうしたテクストは，単に「証言」として，あるいは単に「文学的」エクリチュールとしてのみ捉えるという一切の矮小化を超え出ています。それは矛盾することなく，双方の領分に属し，しかも，そこには留まりません。こうしたテクストが，人間の本質に触れているからです。

テクストの大部分が失われて取り返しがつかないこと，永遠に知りえないことを，私たちは知っています。テクストを入れた瓶を，書き手たちは，海へ──遺灰の海へ──放つように，いつか誰かがそれを見つけるかどうかもわからずに，残しました。

これらの理由によって，極限状態で書かれたこうしたテクストは，最も真正な文学の経験を示唆しているように思われます。それは，ブランショが「本質的な孤独」，「夜」と呼ぶ領域で書く経験のことで，書き手が常にそうであるところの「最後の人間」の状況です（私たちは，収容所での出来事に関する知識が，文学的エクリチュールをめぐるブランショの考察に影響を及ぼしたことを知っています）。最も絶望的な孤独のうちに書かれたテクストは，死者のように埋葬されて，読者がそれをよみがえらせ，再び命を吹き込むのを待っていました。墓の彼方のテクスト，収容所から生還できないと知る者たちのテクストは，いつか死ぬ運命にあると知っている私たちのもとに届きました。

このように考えることは，アウシュヴィッツの特殊性を否定することでも，それを人間の一般的経験へと溶かし込むことでもありません。それはむしろ，極限体験でありながら，文章を書くすべての人間に共通するものを含み込むという，アウシュヴィッツの状況の特殊性を尊重することです。アンネ・フランク，エレーヌ・ベール，エティ・ヒレスムのエクリチュール，アウシュヴィッツ＝ビルケナウのゾンダーコマンドたちのエクリチュールは，現在において，私たちのもとに届きました（それは，彼らの最も強い望みでした）。そして，私たち自身について，文章を書くすべての人たちについて，示唆的な提言をします。こうしたテクストが，非常に特殊なものでありながら，同時に普遍的な次元を持つのは，それが真に人間的なものだからです。それゆえにこそ，テクストは，執筆された収容所という袋小路を抜け出して，すべての人間の実存的経験へと合流することができます。アウシュヴィッツの経験における伝達不可能で知りえない部分でさえも，すべての人間に見出される伝達不可能で知りえない部分に合流し，それに光を当てます。それゆえに，読むことが非常に困難なこうしたテクストとその書き手たちは，私たちにとって，真の**友人**たりえるのです（私はこうして，グラドヴスキが読者に向かって呼びかけた言葉「わが友よ」を援用します）。人類の極限を**知った**これらの**無名の**書き手たちは，私たちとともに歩み，今や私たちによって**知られて**います。そして私たちは彼らに**感謝**するのです。

被爆体験の〈存在〉と〈時間〉

長田新編『原爆の子』と土田ヒロミ『ヒロシマ 1945-1979』をめぐって

福島 勲

ヒロシマ，ナガサキ，アウシュヴィッツの名前を出すまでもなく，戦争という極限状況は，日々の生活では想像することもできない異常な体験である。日常生活に居場所を持たず，忘却されていくこうした体験の記憶を歴史に刻むための手段として現れるのが，記念碑であり，歴史書の編纂であり，体験の語りであり，手記の収集である。しかしながら，記念碑は藪に埋もれ，歴史は書き換えられ，手記集は埃をかぶっていく。そこで考えねばならないのは，語られた体験を現在時につないでいくための方法である。本稿では，『原爆の子』と土田ヒロミの写真集『ヒロシマ 1945-1979』を中心として，体験とその継承のさまざまな形について考察してみたい。

1. 戦争体験と被害者意識

太平洋戦争後，戦争に動員された無名の人々の手記や遺稿集の出版ブームが何度か起きている。その最初期のものが，戦歿学徒の遺稿集『はるかなる山河に』（1947 年）や『きけわだつみのこえ』（1949 年），海軍飛行予備学生たちの遺稿集『雲ながるる果てに』（1952 年）である。意に沿わぬ形で戦地に送られた学徒たちの遺稿集は，出版とともに戦後間もない時期を生きる人々に共感の渦を巻き起こし，映画化までされる[1]。

これらの体験記が，勉学に邁進したいけれども戦地に行かねばならないという学徒たちの「被害」体験を綴るものであったことは留意しておいてよい。つまり，これらの戦争手記集とは，戦争中の敵に対する自らの「加害」の告白であるよりは，第一に，「被害」体験の報告という性格を持っていた。そして，この独特な性格こそが，戦後の戦没学徒たちの遺稿集をめぐるブームを引き起こしたのである。

福間良明によれば，こうした現象が生じたのは，極東軍事裁判の結果，日本軍の蛮行が明らかになり，動員された国民たちが軍部や政治に対する憤りを投影させる対象を必要としたためである。つまり，勉学への意志を途絶させられて戦地に送られた学徒たちの遺稿集は，何よりも被害体験という性格を持つものであり，敗戦後の国民たちは，無垢な戦没学徒たちの姿に「国家にだまされた」自らの姿を重ね合わせたのである。

ところで，戦争体験における「被害」という性格は，その側面があまりに強調されると，副作用を伴わずにはいられない。つまり，災厄の被害者であるがゆえに，その災厄に対する自分の加害性といったものが後景に退いてしまうことが起こりえるからである。しかし，戦争状況においては，従軍や死の恐怖を強いられたという「被害」の事実だけでなく，戦

---

[1] 福間良明『焦土の記憶　沖縄・広島・長崎に映る戦後』新曜社，2011 年。とくに 31-78 頁。

場で敵と指示された相手に対する「加害」の事実を消し去ることはできない。しかも，戦争という状況においては，たとえ非戦闘員であっても，銃後の後方支援というかたちでそこに巻き込まれてしまう。ゆえに，戦争状態にある国民・民族について，「加害」という側面が全く存在しないと断言することは難しい。ところが，往々にして，被害体験は加害体験を見えなくさせてしまう傾向にある。

たとえば，ホロコーストの生き残りたちの証言からなる映像作品『ショアー』を撮影したクロード・ランズマンはユダヤ人迫害を純粋な受苦の「被害」体験として，それ以外の一切の文脈とは比肩させることのできない，絶対の神聖な出来事として位置づけて見せた[2]。それは写真で記録されることすら許されない，ユダヤ人が体験した神聖にして絶対の「被害」体験なのである。しかしながら，こうした絶対的な聖別化の結果として，彼が戦後に撮影したイスラエルを対象とした別の映画においては，パレスチナ自治区に対するイスラエル軍の爆撃という「加害」行為と自らの民族が被った「被害」体験とが結びつけられることはない。つまり，自分たちの被害体験を絶対的なものとして聖別化しているために，パレスチナ人が目下被っている被害と自分たちユダヤ人たちがかつて被った被害とが重ね合わされることはない。別の言い方をすれば，パレスチナ人に現在自分たちが与えている加害行為とかつてのナチスによる自分たちへの加害行為とが重ね合わされることもない。

ちなみに，これに類似した構造は，映画化もされた『長崎の鐘』（1949 年）を著したキリスト者の永井隆が読んだ弔辞にも見られる。1945 年 11 月 23 日に長崎の浦上天主堂前で行われた合同慰霊祭において永井は，長崎（浦上）への原爆投下は神の意志であり，自分たちの犠牲によって戦争が終結したと述べている[3]。ここでは，戦争中に加害的側面が存在した事実は否定こそされないが，その反面，自らが犠牲者（被害者）であることは「神の意志」を根拠として強調されている。つまり，戦時中のあらゆる人々の罪（加害行為）が長崎で被爆した人々の犠牲（被害）によって贖われたと言うことによって，自分たちを身代わりの羊という無垢な犠牲者の側に位置づけてみせたのである。

したがって，この視点から考え直して見ると，全国的なブームとなった先の『はるかなる山河に』，『きけわだつみのこえ』，『雲ながるる果てに』といった遺稿集の書き手が若者たちであり，かつ一様に死者であったことは特徴的である。つまり，青年であった彼らは，旧日本軍という大人たちが始めた無理な戦争に駆り出された被害者であり，加害者という側面は相対的に小さい。すなわち，戦歿学徒たちの手記が幅広く戦後の人々に受け入れられた背景には，戦争における加害という側面に煩わされることなく，彼らの殉死という「被害」に純粋に涙することができるという点を指摘することができる。戦歿学徒の遺稿集を享受する人々は，学徒たちの純粋な「被害」体験の上に自らの未決の「被害」体験を投影させることで，敗戦・占領直後の日本において，加害と被害の間で揺れる自らのアイデンティティの居場所を定めようとしたのである。その点において，加害の要素が目立たない戦没学徒の遺稿集はきわめて有効な装置として機能したと言えるだろう。

---

[2] ユダヤ人の迫害体験の絶対性については，ジョルジュ・ディディ＝ユベルマン『イメージ，それでもなお　アウシュヴィッツからもぎ取られた四枚の写真』（橋本一径訳，平凡社，2006 年）を参照のこと。ユベルマンとランズマンの間に行われた論争はイメージをめぐる問題であるとともに，体験の特権性をめぐる問いでもあった。

[3] 福間，前掲書，250-251 頁。

2.『原爆の子——広島の少年少女のうったえ——』(1951 年)

このように，体験の語り，とりわけ被害体験は，聖別化されてゆく傾向にあり，その結果として，加害よりも被害の側面が強調される傾向にある。被爆体験の語りであっても，この傾向を逃れられないのは上に指摘した通りである。ところで，戦歿学徒の遺稿集以上に，より純粋に涙することを可能にするものとして現れたように見えるのが，被爆した小・中学生の手記集『原爆の子——広島の少年少女のうったえ——』(1951 年)である。

ここでは，手記を書いた主体は，敵に銃を撃ち，敵艦に体当たりしたかもしれぬ青年たちですらなく，全面的に被害者の立場に位置する子供たちであった。その上，彼らの被害体験は，原爆投下という人類が史上初めて遭遇した未曾有の大量殺戮兵器によるものだった。子供の「無垢」性に加えて，原爆という「絶対性」。こうした特別なスティグマによって聖別化される犠牲者たちが語る体験は，加害への責任を感じざるをえない当時の日本において，きわめて純度の高い被害体験として現れたと言える。実際，『原爆の子』は出版されるや大きな反響を呼び，すぐに増刷され，独立回復後には映画化もされ，戦後の国民に広く知られることとなる。それは，被害を負いつつも同時に加害という責任を取らねばならない大人たちが，加害という罪を免れている純粋な被害者である子供たちに自らを投影することによって，自らの被害を純粋に嘆くための装置として機能したはずである。

しかしながら，青年たちの遺稿集とは違って，子供たちが綴ったこの手記集は大人たちの被害者意識の安易な投影をゆるすものでもなかった。つまり，この手記集は，加害責任を持たない子供たちによる，大人たちへの被害報告であり，これを読んだ大人たち自身の加害者意識を刺激するかたちでも働いたのである。手記集の版元である岩波書店が戦後すぐの 1945 年に創刊していた雑誌『世界』の「特集＝『原爆の子』を読んで」において，フランス文学者の桑原武夫が寄せた文章にもそれを見て取ることができる。そこで桑原は，『原爆の子』に対する反応を見ればその人の人間性を測ることができるとして，この手記集を「人間性の試金石」と呼びながら，自民族の被爆体験を人類という普遍的な領域に広げて見せるが，それと同時に，「もし日本軍が原子バクダンをもち，少時の制空権をえたならば，ニューヨークにそれを幾つも落としたに相違ないことは確言できる」として，自国民の「被害」だけでなく，その「加害」性を条件法過去的に指摘している[4]。

そもそも，『原爆の子』は，大人たちの慰撫されざる被害意識を投影する装置として編纂されたのでは決してなかった。原爆投下から 6 年後の 1951 年，広島文理科大学（広島大学の前身）の教授であった長田新は，被爆した子供たちの手記を集め始める。その目的は，教育学者として，原子爆弾が人間の精神にどのような影響を与えたかを調べるための研究資料を収集しようと考えたからである。自身も被爆者であった長田が，あえて子供たちを手記の書き手として選んだのは，教育学への貢献以上の意図があったことは言うまでもない。実際，長田が集めた子供たちの手記は，拙い表現ながらも，読む者の胸を打つ迫真性でもって，理解不可能な近親者の死への悲しみを綴っていた。それに驚いた長田は，これ

[4] 桑原武夫「人間性の試金石」『世界』1952 年 1 月号（特集＝『原爆の子』を読んで），岩波書店，1952 年，85 頁。

らの手記を単なる研究資料として倉庫に保存するのではなく，広く人類の財産として公開することを思いつく。その結果，同年，名もなき子供たち被爆体験の手記は，岩波書店から『原爆の子――広島の少年少女のうったえ――』として出版されることになる。
編者の長田新はその思いを次のように，手記集に付した「序」にしたためている。

> 私は今ここに，当時広島に住んでいて，原爆の悲劇を身をもって体験し，あるいは父や母を失い，あるいは兄弟に死なれ，あるは大切な先生や親しかった友達をなくした広島の少年少女達が，当時どのような酸苦を嘗めたのか，また現在どのような感想を懐いているかを綴った手記を諸君の前に示そうと思う。［中略］原子爆弾が人間の精神にどんな影響を与えたか，特に当時まだ学齢以前の幼児であるか，それとも小学生・中学生・女学生として勉学の途上にあった少年・少女達の純真で，無邪気で，感受性の強い，軟らかな魂が，あの原子爆弾で何を体験し，何を感じ，そして何を考えているかを知ることは，ひとり世界の教育者や宗教家や政治家だけではなくて，あらゆる階層の人々にとって一層関心の強い，そして大きな意味と価値とを有つ問題ではなかろうか[5]。

公表されることを想定せずに執筆された子供たちの文章。匿名でこそないが，名もなき186人の子供たちの手記を集めた『原爆の子』は，刊行されるや大きな反響を呼び，それを直接の原作とする二本の映画作品（新藤兼人監督『原爆の子』，関川秀雄監督『ひろしま』）を生み出しながら，各国語に翻訳されていくことになる[6]。
ちなみに，長田の「序」にも子供たちの手記にも，核兵器を絶対的に拒否しながらも，原子力の平和利用に対しては強くその推進を主張するという傾向が見られる。東日本大震災とその後の原発事故以後を生きる私たちからすると，被爆者自身の言葉としては，意外なものにも感じられる。しかし，それは，GHQが発していたプレスコードのみが理由ではなく，当時の核技術をめぐる全体的な論調がそうだったのである。そこには被爆による大量死という悲劇を肯定的な何かに役立てなければ死者は犬死である，という気分があったのである。

3.『原爆の子』における〈存在〉と〈時間〉

『原爆の子』の執筆者たちは，その後，「原爆の子」たちと呼ばれていくことになるが，この手記集が大きな反響をもって受け入れられた理由とは何だろうか。もちろん，資料的価値や上記の長田新の平和への思いもある。また，戦没学徒の遺稿集と同じように，無名の子供たち，つまりは純粋な被害者という超越論的な立場から，戦争の災禍，原爆の災禍を嘆くことができるという点も先に指摘した。しかしながら，同時に『原爆の子』は，大人たちの加害者意識を刺激しないではすまなかった以上，純粋な犠牲者として同一化する

---

[5] 長田新「序」，長田新編『原爆の子――広島の少年少女のうったえ――』岩波書店，1951年，6頁。
[6] 『原爆の子』，『ひろしま』という二本の日本映画とその関連で生まれたアラン・レネ監督／マルグリット・デュラス脚本『二十四時間の情事』，諏訪敦彦監督『H stroy』の分析については，拙稿「喪の語り（ものがたり）：レネ＝デュラス『二十四時間の情事』に見る記憶の想起，喪，復興」『トラウマと喪を語る文学』朝日出版社，2014年，171-179頁を参照のこと。

対象としては不完全な装置だった。ならば，何故，この手記集は広く人々に受け入れられたのだろうか。

その理由は，『原爆の子』が〈時間性〉を内包していたからである。別の言い方をすれば，その書き手が，純粋な被害者でありながらも，その後も時間の中を生き続けていく存在だったからである。『原爆の子』の書き手たちは，戦歿学徒とは違って死者ではなく，被害体験の保持者，純粋な犠牲者として絶対的な次元へと散華し，聖別されてしまうことはない。彼らは，一般の読者たちとともに，この戦後の空間を生きて行く存在なのである。彼らの体験は，戦時中の時点で真空パックされて永久保存されて終わりではなく，生きている限り，その後の人生によって絶えず裏打ちされていく。

実際，『原爆の子』が孕む〈時間性〉という側面は，すでに子供たちの手記を採録するその形式において強く意識される。例えば，この作文集の冒頭を飾っているのは，佐藤明之の手記（作文）であるが，その名前の右上には，「小学校四年（当時満四歳）」と記されている。「小学校四年」は手記執筆時の 1951 年の年齢（8〜9 歳）であり，「(当時満四歳)」は 1945 年 8 月 6 日の被爆時の年齢である。つまり，体験の手記集という性格上当然のことであるが，体験の起きた時間とその体験を文章で記述する後の時間とのズレ，体験時と執筆時との間の 5 年という時間の経過がすでにそこには刻まれている。

当たり前のことだが，体験が文章に記述されるのは常に事後的である。ゆえに，遺稿集が殉死という決定的な体験に対して「事前的」であるのに対して，被爆体験者の手記は常に「事後的」であるという点以外，そこに特別な意味を見出す必要はないのかもしれない。ただし，遺稿集の書き手がそれ以後の時間を積み重ねることがないのに対して，『原爆の子』の執筆者たちは生者であり，時間を重ね続けていく。そのことを考えたとき，全ての文章の署名の右肩に付された 5，6 年の時間という〈時間性〉の書き込みは大きな意味をもって迫ってくる。とりわけ，彼らが放射能に身体を貫かれた被爆者であったことを考えれば，その体験は過去の限定された一時期に封印可能なものではなく，被爆時からその後の生活全てに影響を及ぼし続ける。それは，体験者の生活において，過去から常に更新される現在へと，精神面ではもちろん肉体的にも遍在し続ける体験なのである。したがって，被爆児童手記集『原爆の子』の名前の右肩に付されたこの〈時間性〉の書き込みが指し示す，もっとも単純な事実を一言で表現すれば，それは次のようになろう。つまり，手記を書いた作者は，被爆した身体を抱えながらも，1951 年当時まだ生きていた，ということである。

無名の遺稿集も手記集も読者を対象とした作品でないのはもちろんである。むしろ，それらは，より実存的な何か，デスマスクや足跡のような痕跡のようなものであり，その実存的次元，そこに刻まれた彼らの〈存在〉の痕跡は，構築された虚構の作品とは違った物質性をもって読者に迫ってくる。そこにはロラン・バルトが写真論で提起した「プンクトゥム」のようなもの，もしくは，マルグリット・デュラスが洞窟の壁面に残された 3 万年前の人類の「陰画の手」に感じた存在論的次元が露出している。無名の遺稿集や手記集に私たちが引きつけられることがあるのは，自らの被害意識の純粋な投影場所としてや，単に資料としてだけではなく，こうした実存的な次元が大きく関わっている。

そして，とりわけ『原爆の子』は，「かつてあった」という過去の存在証明だけではなく，「かつてあり，いまもある」という過去と現在における存在の刻印を帯びている点において遺稿集とは区別される。『原爆の子』は過去から現在へと流れていく〈時間性〉を内包することで，懐古的な純粋体験として聖別化されることをあらかじめ拒んでいる。では，この手記集がその出発点から含んでいたこの拒否は何のためか。それは，人生の比較的早い時期に原爆による被爆という刻印を受けてしまった子供たちが，その後，どのような人生，社会，国を築いていくのかという問いかけを，未来の方角へと投げてみせるためであった。

4. 土田ヒロミ『ヒロシマ 1945-1979』(1979 年)

では，『原爆の子』に手記を綴った子供たちは，1951 年以後，どうなったのだろうか。『原爆の子』の執筆者たちは，同書の爆発的な反響を受けて，出版の翌年，「原爆の子友の会」を結成しているが，1961 年の編者の長田の死とともに，自然消滅している。その後，消息の判明した約 50 名によって「原爆の子きょう竹会」が結成されるのは，1972 年のことである。そして，現在も，執筆者たちによって，1945 年の被爆の体験を現在へとつないでいく努力が続けられている[7]。

その一方，執筆者たちとは別に，『原爆の子』の読者から出発して，興味深い活動をしている写真家がいる。名前は土田ヒロミである。『原爆の子』には，執筆者たちの〈存在〉論的次元に加えて，現在に連なる〈時間性〉が刻まれていることが極めて重要な特徴であることを先に述べたが，その「現在性」は当然のことながら，時とともに刻一刻古びていくものでしかない。しかし，この「現在性」，すなわち，「彼らは現在，まだ生きている」ということを，この写真家は定点観察の手法によって更新し続けている。1939 年生まれの土田は，小学生のときにその存在を知った「原爆の子」たちを，週刊誌記者だった吹上流一郎とともに，1976 年からその消息を訪ねて，その現在の姿を撮影することを始めたのである。執筆者 186 名中，住所の判明したのが 107 名。そのうち，故人 6 名，拒否 16 名（うち 1 名はインタビュー後死亡），撮影拒否（インタビューのみ）8 名。撮影を許可してくれた 77 名について，『原爆の子』の手記執筆から 27 年後の姿が写真集『ヒロシマ 1945-1979』にまとめられることになる[8]。

もちろん，土田と吹上の試みは平坦なものではなかった。まず何よりも，訪問を拒否する人々がいたという点がある。第一には，精神的な理由として，家族を失うという大きなトラウマ体験を改めて思い出したくないということもある。それに加えて，放射能が人体に及ぼす影響が未だに解明されていないだけに，被爆という体験を語ることは，人々から差別の対象とされる危険に身をさらすことでもあった。井伏鱒二『黒い雨』で結婚や出産における差別が語られたように，いまだ結婚後の家族に被爆の事実を伝えられないでいる執筆者もいるし，実際，取材後，白血病で逝去した執筆者もいる。したがって，少なくない人々が土田の訪問を拒否している。だが，土田の写真集では，その拒否も一つの証言として，不在の風景によって表現されており，それが逆にこの写真集の力となっている。

写真集の頁構成は，見開きで左右に執筆者 1 名ずつを掲載し，拒否された場合には，名前も何もなく，顔以外の部分か近くの風景を写して「〈拒否〉」とだけ記されている。取材

---

[7] 原爆の子きょう竹会編『改訂版『原爆の子』その後 :『原爆の子』執筆者の半世紀』本の泉社，2013 年。
[8] 土田ヒロミ『ヒロシマ 1945-1979』朝日ソノラマ，1979 年。

を受けてくれた場合には,「氏名(現在の年齢)」そして,「被爆当時の年齢」と「爆心地からの距離」,「同居していた家族の生死と被爆状況」が記載され,さらに「現在の居住地の県名と職業,家族構成」が記載されている。そして,その横には,より大きい字体で,執筆者が『原爆の子』に寄せた手記の一部と「当時の年齢」が記載されている。

この写真集で鮮明に意図されているのは,『原爆の子』出版時にあった二つの時間,被爆時の 1945 年という時間と執筆時の 1951 年という時間に加えて,さらにそこから 27 年あまりを経た 1979 年という当時の「現在」の時間を付け加えることである。

『ヒロシマ 1945-1979』に映し出された,父親,母親の年齢になった「原爆の子」たちの 27 年後の姿,彼らの現在の家族,その背景に映りこんだ日々の暮らしへの興味はつきない。しかし,何よりも,土田の撮影によって「現在時」が更新されることで,『原爆の子』は,遺稿集のように純粋で,絶対的な被害体験として真空パックの中で保存されることはなく,その後も身をもって生きられている被爆体験としての姿を鮮明に現すことになる。そこに映されているのは,「原爆エレジー[9]」といったかたちで聖別化され,時間の止まった悲劇として一絡げにされる被爆体験とは違う,時間とともに厚みを増していく被爆体験である。撮影に応じた日常の世界で日々を暮らす「原爆の子」たちの姿を見ると,かつて『原爆の子』に綴られた異常な世界との対照に安堵を覚えるが,それらは悲劇の後に訪れたハッピーエンドという楽天的な構図を必ずしも示していない。そこに写されたのは,ある人には幸福なかたちで,ある人には意にそまぬかたちで日々,それぞれ続けられていく被爆後の人生である。

この写真集に寄せた文章で重盛弘淹は次のように書く。

> 戦争を体験した人たちにとって,その体験はもとより共通しあう重い意味をもっているが,同時にきわめて個人的なものでもあり,それぞれの運命をそれぞれが担ってこなければならなかった[10]。

1945 年 8 月 6 日の被爆体験とは,そこで全てが凝固する最終地点ではなく,むしろ,各人によって様々な人生が紡がれていく出発点であった。そうした事後性も含めて被爆体験に向き合うことに,土田ヒロミの写真集の意図があったと言える。ある人にとっては,普段は意識されないものの折々に触れて思い出される体験であり,ある人にとっては,忘却されていく記憶,風化していく体験であり,ある人にとっては,その後の人生を決定的に変えた体験,さらには,その後の人生を不可能にしてしまったとすら感じられる体験であることを,この写真集は「原爆の子」たちの定点観測によって示している。

5. 廣島, ヒロシマ, 広島

ところで,被爆体験の継承を考える上で,同じ問題を析出していると思われるものとして,山口誠による広島修学旅行の研究が興味深い。そこで山口は,広島修学旅行が流行し

---

[9] 沖原豊「解説」,長田新編『原爆の子』(下),岩波書店(文庫版),1990 年,255 頁。
[10] 重森弘淹「同世代としての〈原爆の子〉たち」,『ヒロシマ 1945-1979』所収。

た1970年代末から1980年代を分析しながら，主として，二つのガイドブックを対照させている。一つは，松本寛『広島長崎修学旅行案内』（岩波書店，1982年）であり，もう一つは，江口保『碑に誓う――中学生のヒロシマ修学旅行』（東研出版，1983年）である。ここで山口が象徴的であるとして注意を促すのは，これらの二つのガイドブックが，同じ町を指し示しながら，「広島」「ヒロシマ」と二つの呼び名を用いている点である[11]。

「広島」を用いている松本のガイドブックは，修学旅行において，軍都として栄えた被爆前の「廣島」，そして被爆した「ヒロシマ」，戦後に復興した「広島」と，時間的に広がる広島を見せることを勧めている。つまり，なぜ広島に原爆が落とされるに至ったかを考えるために，加害者としてあらわれる「廣島」時代から歴史を紐解き，そこから原爆を落とされた被害者としての「ヒロシマ」を語り，そこからどのような復興がなされて現在の「広島」となったのかを歴史的な視野から見ようとするものである。それに対して，江口の場合は，「廣島」時代も現在の復興した「広島」も捨象して，ひたすら被爆者の体験に寄り添うことに傾注する。つまり，「ヒロシマ」の純粋な追体験を目指すのである。

言いかえてみると，江口と松元の違いとは，ある出来事を聖別化して，その純粋性を保つために真空パックにして永久保存するやり方と，出来事を時間の中に置いて，過去におけるその原因を説明した上で，その出来事がその後にどう変化してきたかを見ていくやり方との違いである。前者においては体験を追体験することが絶対視されるが，後者においては，体験とその風化の両方を追体験することが求められるのである。

『原爆の子』がすでに〈時間性〉を内包していたのは先に述べた通りである。そして，土田ヒロミの写真集『ヒロシマ 1945-1979』もまた，その時間軸を延長して，執筆者たちのその後の時間を付け加えていくものである。それは，体験の生々しさを否定することはないが，その後の変化を，時にはその記憶の風化（ないしはその不動性）を追体験することも視野に入れている。ちなみに，土田は，『ヒロシマ 1945-1979』の後に始めた『ヒロシマ・モニュメント』シリーズにおいて，被爆建造物の定点観測を行い，1979~83年と1989~1994年とを比較することで，両者の間に流れる時間を撮影して見せている。

つまり，土田にとっての体験や記憶とは，凝固した一瞬ではなく，その後も時間の中で担っていかねばならない対象なのである。ゆえに，土田の写真集には常に〈時間性〉が伴う。ただし，その定点観測のやり方は，石の記念碑に刻まれた文字が風化によって磨耗し，読めなくなっていくのとは違う。なるほど，体験や記憶が，時とともに様々なかたちで変化を被っていくことを土田は拒否していない。現実を忠実に記録していくという写真家としての構えがそこにはある。しかし，1945年，1951年，1979年という時間を重ねていく土田の手法には，過去の悲劇を忘却して新たな現在を選ぶか，過去の絶え間ない想起によって現在の到来を否定するかの二者択一とは違う，体験や記憶の継承のあり方が提起されている。それは過去の悲劇とともに生きて行くこと，ただし，その上に時間を積み重ねていくことの肯定である。それは過去を忘却することなく，新たな現在時を積み上げて行かねばならない生者たちの存在様式に対応している。

---

[11] 山口誠「廣島，ヒロシマ，広島，ひろしま」，福間良明・山口誠・吉村和真編『複数の「ヒロシマ」』青弓社，2012年，256-310。

結論にかえて

以上の文章を書いている時に，広島平和記念公園内にあって，行政によって人工的に作られた原爆慰霊碑ではなく，自然発生的に生まれた原爆供養塔という納骨堂を長年守ってきた佐伯敏子を取材した堀川恵子のルポルタージュが出版された。その中に，佐伯の次のような言葉が紹介されている。

> 生きている人はね，戦後何年，何年と年を刻んで，勝手に言うけどね，死者の時間はそのまんま。あの日から何にも変わっておらんのよ。年を数えるのは生きとる者の勝手。生きとる者はみんな，戦後何十年と言いながら，死者のことを過去のものにしてしまう。死者は声を出せんから，叫び声が聞こえんから，みんな気付かんだけ。広島に歳はないんよ。歳なんかとりたくても，とれんのよ[12]。

引き取り手なしと判断され，納骨堂に入れられた推定 7 万人の遺骨をわずかな手がかりをもとに遺族のもとに届けていくという途方もない行為をボランティアで長年続けてきた佐伯の言葉である以上，時間は過ぎ去り，記憶は風化するものだと簡単に言うことはできまい。被爆した死者たちの時間はまさしくその瞬間に止められたのだ。しかしながら，被爆しながらも，運良く生き残った生者たちの時間はその後も続いていく。生者たちと死者たちは別々の〈時間性〉の中に住まわざるをえない。生者たちには生者たちの人生がある。生者たちの〈過去〉があり，〈現在〉があり，そして〈未来〉がある。

実際，言葉を持たない死者たちにかわって，被爆体験を証言できるのは生者たちだけである。1951 年には手記を書くことを，そして 1979 年には土田の求めに応じて撮影されることを受け入れた「原爆の子」たちは，そのエクリチュールと自らの姿をもって，1945 年の被爆体験がまごうことなき事実であり，それが現在も担われているということを証明している。当時はさほど有名ではなかった若い写真家の突然の訪問に応じた彼らの心中には，もの言えなくなった死者に対する責任感というものもあったのかもしれない。被爆の場所やタイミングのわずかな違いによって奪われずにすんだ自らの生の存在証明をエクリチュールや写真で示すことによって，彼らは死者たちの追慕をするとともに，体験の記憶を現在時に更新して見せるのである。

したがって，写真家の土田ヒロミによる『原爆の子』への介入は，エクリチュールと写真とメディアは違うにしても，記憶の風化に抗して，体験を現在時に継承していくための一つの方法の例示だと言える。『原爆の子』と『ヒロシマ 1945-1979』とは，証言を「かつてあった」で終わらせず，「かつてあり，いまもある」へと現在時に継続していく試みなのである。それは体験の記憶が，死者たちに属する過去ではなく，現在も生者たちによって担われている体験であることを思い起こさせてくれる。

しかも，土田ヒロミの活動は現在も継続されている。1979 年の写真集の出版から 26 年を経た 2005 年，彼は「原爆の子」たちを再び訪問して，さらに時間軸を重ねた『ヒロシマ

---

[12] 堀川恵子『原爆供養塔　忘れられた遺骨の 70 年』文藝春秋，2015 年，176 頁。

2005[13]』を出版している。その際，1979年の取材時には撮影を拒否しながら，2005年には顔を出すことに同意した「原爆の子」もいる。時間は風化作用だけではなく，ときに浄化作用をも行うものなのである。1945年の被爆体験をめぐって，1951年の『原爆の子』，1979年の『ヒロシマ 1945-1979』，2005年の『ヒロシマ 2005』と続けられる体験の証言は，重要な記録資料であるとともに，そうした体験をした人々がその後に歩んだ人生の実存的な痕跡なのである。1951年に書かれた言葉は，その著者たちの28年後，54年後の姿によってさらなる存在の重みをもって読む者に迫ってくる。そこにあるのは証言者の〈存在〉と〈時間〉の厚みである。したがって，これからの課題としては，今後「原爆の子」たちが皆，鬼籍に入ったとき，私たちはどのように『原爆の子』の証言を現在時に更新していくことができるかを考えていかねばならないだろう。

そして，2011年3月11日の東日本大震災の記憶をいかに継承していくかということが喫緊の課題となっている。それが悲劇をめぐる一過性の記録に終わらないために，また，悲劇の後にもその後の生が可能であるということを示すためにも，『原爆の子』とそれをめぐる土田ヒロミの写真集が示した〈時間性〉の取り込みという継承のあり方は一つのモデルとなるはずである。

[13] 土田ヒロミ『ヒロシマ 2005』NHK出版，2005年。

震災の経験を記録に残す女性の活動

阪神・淡路大震災以前の記録を中心に

堀 久美

はじめに

2011 年 3 月 11 日，三陸沖を震源地とする大規模な地震が発生，東北地方の太平洋岸を巨大な津波が襲い，甚大な被害を与えた。このような自然災害の影響にジェンダーによる差異があることが明らかとなり，日本においても，2000 年代以降，防災や復興支援にジェンダーの視点が導入されつつある。東日本大震災後は，内閣府男女共同参画局が指針の発信，現地への職員の派遣，ホームページの設置，状況調査の実施，女性団体への相談事業委託等に取り組んだ。しかし，ジェンダー視点からの防災政策や支援活動は大きく不足しており，被災地の女性は女性ゆえの困難に直面した。

東日本大震災後「これから発生する震災の被害を少しでも軽減するために，私たちが体験したことを記録に残しておくことは被災地に生きる私たちの責務」（浅野 2012：9），「被災県で暮らしている自分たちだから，ジェンダー視点の記録を残すことに意義があるのだ」（髙橋 2013：14）と考える女性たちによって，震災の経験を記録に残す活動が行われている。1995 年の阪神・淡路大震災後にも「被災地に住む女性たちにできることとして，せめて私たちの目に見えたことを記録しておきたい」（ウィメンズネット・こうべ[1]1996 : 3）と，あるいは 2004 年の新潟県中越地震後にも，震災の記録を「書き残すことは，中越大震災を経験した私たちがやらなければならない『被災地責任』」（鈴木 2010：44）として，被災地の女性団体が記録集を発行している。今後の震災時に自分たちと同様の経験をさせたくない，そのためには記録を残すことが必要だという被災地の女性の強い思いが活動の動機となっている。

ところで，女性の震災経験が，ジェンダー視点からの防災政策や災害時の支援活動に反映されるようになったのはどの震災からだろうか。被災女性支援や記録を残す活動を行う浅野富美枝は「阪神・淡路大震災や新潟県中越地震などから災害時における女性の問題を学びつづけた」（浅野 2012：9）と記し，内閣府から相談事業を受託した女性団体ではその背景を「阪神・淡路大震災の経験などから，女性に対する暴力が増えるということは予想されておりましたので」（平賀他 2012：29）と述べる。男女共同参画局影響調査事例研究ワーキングチームが，災害時の課題と具体的な施策を検討する際にヒアリングしたのは，「ウィメンズネット・こうべ」の正井礼子ら阪神・淡路大震災の実態を知る女性であった。一方，「日本での災害やその支援，復興についてジェンダーの視点をもって記録し，発行さ

---

[1] 1992 年兵庫県神戸市で設立。女性と子どもの人権を守り，男女平等社会の実現に向けて，学習会や情報発信，ゆるやかなネットワークづくりに取り組む。阪神・淡路大震災後は，女性支援ネットワークをたちあげ，物資の配布（洗濯機約 120 台を避難所へ）「女性のための電話相談」「女性支援連続セミナー」「女たちで語ろう・阪神大震災」（5 回）を実施。

れた印刷物」は，阪神・淡路大震災後の『女たちが語る阪神大震災』（1996 年，ウィメンズネット・こうべ編）が初めてではないか（東日本大震災女性支援ネットワーク 2012：9）とされ，淡路大震災以降「被災地の女性団体からの報告がかなり増えてきた」（同：7）という。「阪神・淡路大震災をきっかけに災害時の女性問題が意識され，被災した女性自身による体験記録や調査により災害・復興時の課題として報告されている」（新井 2012：6）という捉え方が一般的と言えよう。

しかし，阪神・淡路大震災より前に起きた震災後にも被災地の女性団体は記録集を発行している。たとえば，1964 年の新潟地震の際には新潟県婦人連盟が，1984 年の長野県西部地震の際には王滝村婦人団体連絡会が発行した記録集がある。それにもかかわらず，これら 2 冊の記録集は，東日本大震災後の女性支援やジェンダー視点からの防災政策に活かされたとは言えない。災害支援や防災政策へのジェンダー視点導入の要因として，1990 年代以降の，災害とジェンダーに対する世界的な関心の高まりがあるが，これら 2 冊の記録集はなぜその時に参照されなかったのだろうか。記録された震災経験が参照するに値しないものだったからだろうか。これら 2 冊の記録集を検討することで，女性団体による記録がジェンダー視点をもつ災害時の支援活動や防災政策の実現，拡充に力を発揮するための課題を明らかにできるのではないだろうか。

本稿では，新潟地震，長野県西部地震の際に発行された 2 冊の記録集を再評価し，震災の記録を残す女性の活動がジェンダー視点からの防災政策や支援活動の実現，拡充に効果をあげるために必要な課題について検討する。

第 1 章 『新潟地震と私たち』が伝えた経験と問題提起

1964 年 6 月 16 日 13 時 1 分，新潟県下越沖を震源地にマグニチュード 7.5，最大震度 5 の新潟地震が起きた。平日の午後に発災したこの地震の死者は 26 人，新潟市，村上市，山形県の酒田市，鶴岡市等で住家全壊 1,960 棟，半壊 6,640 棟，浸水 15,297 棟の被害を及ぼした。新潟市では火災により昭和石油の石油タンクに引火，約 2 週間燃え続けた。「液状化現象」により鉄筋コンクリートのアパートが倒れたり，竣工間もない昭和大橋の橋桁が落ちる等の被害もあった[2]。

『新潟地震と私たち』表紙

震災翌年の 1965 年 3 月，新潟県婦人連盟は，新潟県教育委員会，新潟県選挙管理委員会とともに，「新潟の主婦たちが，自身の生ま生ましい経験から，求め，語り，心に刻んだことがらをまとめた」（新潟県婦人連盟他 1965：132）記録集『新潟地震と私たち』（A5 版全

[2] 新潟地方気象台「新潟県の地震（津波）災害」http://www.jma-net.go.jp/niigata/menu/bousai/seis_disaster.shtml（2015 年 2 月 28 日閲覧）

133 頁，発行部数不明）を発行した。新潟県婦人連盟は，地域婦人会の連絡協調を行い，全国地域婦人団体連絡協議会に加盟する女性団体で，企画や執筆には，YWCA 新潟県支部，新潟日報社，N・H・K 婦人学級，友の会北陸地区，三条市婦人学級等の女性団体も参加した。体験談，アンケート集計と解説の他，新潟大学教員や公明選挙連盟理事による講話も収録されている。

体験談は「2000 名の主婦たちが，なまなましい体験を綴り，かつ語り，『皆さん，これだけは知っておきましょう。考えておきましょう。』と叫びかけた」（同：10）もので，避難・見舞い・配給物資・組織，グループ・市民性，社会性・計画等 17 のテーマのもとに，「たくさんの似かよった話」（同：10）を 65 の事例に代表させる形で編集されている。

> 親しい見舞い客に「何か欲しい」と聞かれて，小さな声で「下着」と答えたとき，ホッと身が軽くなりました（同：33）。

> その（ごった返した避難所の生活のこと：筆者注）中で「皆さん，ごみはここに集めておきましょう」，「このおとしよりのためにもう少し場をひろげてやっていただけませんか」，「各班から一人ずつ出てあき箱を整理しましょう」，「三時に給水車がくるそうです。用意しておきましょう」。こうした共同生活に必要なことがらを一つ一つ言い出すのは，きまって婦人学級の顔みしりでした（同：38）

> （避難所の水洗便所が「あ然とする状態」になったのを片付け）屋外に仮便所をつくってもらうことも（婦人学級のグループ員の）四人だったからできた（同：38）。

> （会長が避難し町内会が機能しなかったことから）町内会の意義と仕事の内容を理解し，町内会長を選出する際には，婦人の意見も大いに出すように皆さんに話そう（同：42）。

> 町内では昼は，女性，子どもがおもです（中略）町内の退避訓練や計画については，婦人も大いに知恵と力を出すように話し合いたい（同：55）。

> （救援物資として持参された紙オムツが）心ない対策本部で働く人のために持ち去られてしまったのです。対策本部に女性が一人もいなかったのが失敗だったと思います。女性がいれば，被災の赤ちゃん用にミルク，オムツと細かいことにも気がついて，おかあさん方の悲しみを少なくすることができたでしょうに。今の社会は，役職などに，男性だけがつきすぎています。地震対策本部に婦人を加えるのを忘れるようなことはどこから出てきたのか反省して，お互いのしあわせのために，婦人の力を発揮することを，みんなで研究しましょう（同：61）。

アンケートは，地震直後の行動，役にたったこと，困ったこと，今後への思い，救援物資等 12 項目について記述式で回答する質問紙調査で，新潟市内被災地域の 1000 名（回収 800）の主婦を対象に実施された。巻末に資料として掲載された回答には，困ったこととして，トイレ，風呂（赤ん坊），おむつ，老人・子供の世話等（同：121-122）のキーワードや「共稼ぎ家庭のことも考えて給水してほしい」（同：127）という回答例もあり，現代と共通する課題があったことがうかがえる。

災害時の女性問題が意識され，女性自身による災害・復興時の課題報告は阪神・淡路大震災からとの認識が一般的であるが，それより 30 年前に女性の視点で震災の経験をまとめ，女性の参画の不足について問題提起する記録集が発行されていたことは注目に値する。

記録集作成当時の状況は，当時を知る会員がすでにいないため直接尋ねることはできないが，『記念誌　20年のあゆみ』（1966年発行）や『新潟県婦連だより』等の資料から記録集作成を可能にした要因を探ってみたい。

新潟県婦人連盟では，1961年頃から，話し合いや学習活動を積極的に推進，1962年からは「百万人の話合」が合言葉となった。これは「婦人だけでなく，関係ある人たちと大いに話し合いながら，意見をききながら，婦人会活動を進めていこう」という活動だ。「学習の手引き」となるよう毎年『婦人連盟資料』や『訪問集会を開こう』（1961年），『話し合い学習の再検討』（第1集1962年，第2集1963年），『地域社会と婦人会』（1966年）等を発行，県教育委員会も「婦人学習」や「婦人学級」を進めるための資料を毎年1～3冊発行している。『婦人連盟資料』は「婦人会活動の教育的なすすめ方，考え方」（1962年），「婦人会のしごとのすすめ方，考え方」（1963年），「農家婦人」「経済生活」等をテーマとする「身近な問題あれこれ」（1964年），活動記録である「私達の年輪」（1965年）を掲載，「百万人の話合」推進事例として地域婦人会による実績3例を紹介している（1963年）。『地域社会と婦人会』では「百万人の話合」のまとめとして7例を紹介する。紹介事例では，通勤通学列車増発，塵芥車，信号機の設置等の生活環境改善や，部落懇談会，婦人会等の組織運営にかかわるテーマが取り上げられている（新潟県婦人連盟 1966：216-231）。

『新潟地震と私たち』はこのような活動のなかで作成された。新潟県婦人連盟は，発災3か月後の9月，①百万人の話合学習のテーマを「災害に直面して」とした研究会を持つこと，②郡市毎の発表会を補助すること，③研究発表の資料を事務局に送付することを傘下に連絡している（新潟県婦人連盟 1964：2)。『新潟地震と私たち』には，このような研究会，発表会で語られた体験談が集録されていると考えられる。また，作成された『新潟地震と私たち』を「百万人の話合」で活用する意図があったことが，目次冒頭の「話し合いのための資料　新潟地震と私たち」（新潟県婦人連盟他 1965：6）の記載や，体験談の下欄に「静かに噛みしめ，語り合っていただくため」のヒント（同：10）が付されていることから推察される。平常時からの活動実践，団体組織の基盤のうえに，記録集発行があったことがうかがえる。

新潟県の地域婦人団体活動を牽引し，『新潟地震と私たち』の編集人で体験談の文責となっているのが高橋ハナだ。高橋は1948年から新潟県教育委員会で婦人教育を担当し，「軍政部指導のもとにひたすら民主的婦人団体の育成に励み，必要な内容を求めて資料をあさり，県の現場をかけめぐる間に，新潟県の婦人教育に強く引き込まれて」（高橋 1992：78）女性団体発足，活動推進に精力的に取り組んだ。『婦人連盟資料』等一連の学習の手引きの執筆も担当した。高橋は，「胸にしっかり持った自分たちの足元の問題を，あれこれ出し合い，関心の強い話題からみんなで討議する」集落婦人会に共感を示している（同：78）が，この経験が「百万人の話合」推進に反映されたのではないかと考えられる。『新潟地震と私たち』が女性の視点で震災の経験をまとめた記録集となったのは，「婦人団体をとおして民主主義を学び，自主性を培い，身近な生活課題の解決に取り組み，民主社会づくりに努めた」新潟県の婦人たち（同：42）がいたからだろうが，体験談に問題提起や提言を盛り込んだのは文責の高橋かもしれない。婦人教育の影響や恩恵を最も受けたのは担当者であり，婦人教育を担当することで自分の生活や意識が変わった（婦人教育のあゆみ研究会[3]1992：5）というから，「身近な生活課題の解決に取り組み，民主社会づくりに努める」ことは高橋自身の活動でもあったと考えられる。

『新潟地震と私たち』発行を可能にしたのは，熱心で女性の視点をもった担当者を得，「百万人の話合」をはじめとする実践的な活動を震災前から蓄積していた新潟県の女性団体の組織力や実行力であったと言えよう。

第 2 章 『わすれられない暦　女の目から見た長野県西部地震』が伝えた経験

1984 年 9 月 14 日 8 時 48 分，長野県木曽郡王滝村御嶽山南麓を震源にマグニチュード 6.8 の長野県西部地震が起きた。王滝村は，霊峰御嶽山の南西斜面の裾野に広がる山村で，当時の人口は約 1300 人だった。内陸部としてはかなり大きな地震で，御嶽山の山腹とその周辺に大規模な斜面崩壊，土石流が発生，裏山の亀裂が拡大崩落してくるか，王滝川をせきとめてできた自然湖が押し出し下流に被害を及ぼすのか等の不安材料が混乱をもたらした。被害発生は王滝村を中心にした比較的狭い範囲に限られたが，村では死者 29 人，家屋全壊 14 棟，一部損壊はほとんど全戸，公共土木施設，林道治山，国有林などで被害総額 417 億円となった（家富 1986：発刊にあたって，奥田 1986：123）。

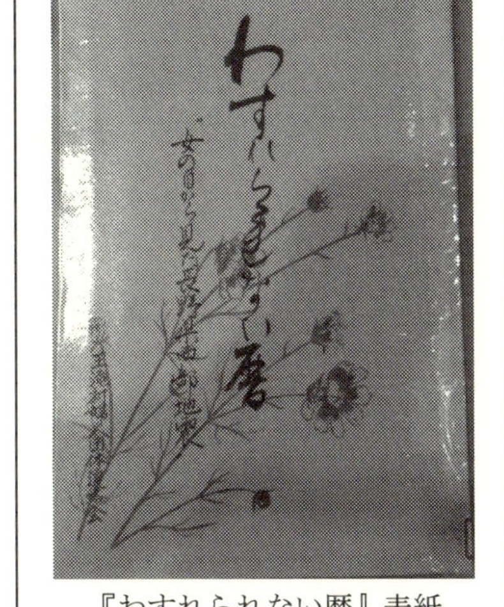
『わすれられない暦』表紙

震災翌年の 1985 年 10 月，王滝村婦人団体連絡会は『わすれられない暦　女の目から見た長野県西部地震』（B5 版全 230 頁，発行部数 500 部程度）を発行した。集録された 213 編の体験談の執筆者は，数名を除き女性である。体験談は「激しい地震の時の婦人の一人一人の実感がこもった記録」（原 1985：はじめに）で，「被害の大きかった人たち」の 9 編を冒頭に，8 つの地区ごとに掲載，「学校保育園」の章では教職員の体験談を集録している。

一部を紹介する[4]。

> 私は奈保子を抱いていては何もできないと思い，奈保子を預けて，おぶいひもとママコートを取りに家にもどった［中略］重郎さん宅で奈保子のおむつと靴を借りた（21）

> 十四日を境にお父さんは，消防に，子供とおばあちゃんは，親類の家に私は，保育園の避難所へ，十日余りお世話になりました（25）

> 女性の中から「自分達も何かをしたい。」と声があがり，物資受け入れの手伝いに汗を流し，

---

[3] 文部省および都県市教育委員会で婦人教育の条件整備にかかわった担当者が 1955 年前後に自発的につくった「春秋会」の退職メンバー8 名が 1985 年に結成した会で，高橋もその一員であった。

[4] 個々の体験談には，タイトルと執筆者名が付されているが略し，掲載ページのみを記す。

又悲しみにくれる遺族の方々や，家を失った被災者への慰問の炊き出しもし，一日も早く立ち直っていこうと励ましあってきました（31）

主人は，上の家が心配で見に行くと言い残して行ってしまい，私は母と三才の子供をつれて，とても不安に思いました（80）

必死で子供の手を握り家へ走りました［中略］裏の畑には，裸足で一人だっこ一人おんぶして雨に濡れているおばあちゃんがいました［中略］体育館で夕食のおにぎりをいただいて，騒ぐ子供について外へ出ました［中略］次の日になると，洗濯はまだできる状態ではありません。おしめや紙おしめが乏しくなって来て困ったと思いました（108-109）

老人は大型ヘリで木曽福島の"老人憩の家"に一時避難するため出発——私も荷物を持ったり，手をひいたりお手伝いをする（155）

皆んなの食事が心配になり主人にボンベを，ハウスの中に入れてもらい，温水器の水を利用して御飯を炊きおにぎりにして避難先の年寄りにあるだけ食べてもらう（157）

「全くの素人が書き，文の構成も拙く，編集においても，素人ばかり」（王滝村婦人団体連絡会 1985：230）というが，拙いながらも，男性が消防団や仕事場で行方不明者捜索や復旧等に携わる一方で，女性は子どもや高齢者の世話をし，炊き出しや物資受け入れ等の支援活動を担っていること，子どもや高齢者が親族宅に避難し短期間でも震災同居があったこと等が記されており，現在と共通する課題があったことが読み取れる。

なぜ王滝村では女性団体による記録集発行ができたのだろう。組織的な支援があったわけではない。「冊子作成の資金面の一部として不用品の回収，村内清掃等」（原 1985：はじめに）をしながら記録集は作成されている。記録集作成当時の状況を知るため，当時の会長原清子氏（ヒアリング時 96 歳），役員佐口幸子氏（同 80 歳），地区役員田近多世子氏（同 85 歳）にヒアリングを行った。ヒアリングは，2015 年 2 月 23 日，王滝村の原氏の自宅である鳳泉寺において実施，村役場の森本克則氏も同席した。30 年前の活動のため，記憶の曖昧な点もあったが，「みんなが協力して，そういう痛い体験を[5]」残そうと取り組んだ状況を聞くことができた。

記録集を発行した王滝村婦人団体連絡会は，「地震の時のことを記録しておこうってことで，みんなが集まって」できた。地域には，婦人会，食生活改善推進委員会，老人クラブ女性部，女教師の会等の団体があったが，それらの団体が連携するための連絡会ではない。記録を残すため「おばあちゃんから全部入って」活動できる団体として作られた。編集後記に「若い人から（十代）や八十路をとうに通った（過ぎた）ばあちゃんまで」（（　）も原文，王滝村婦人団体連絡会 1985：230）と記されている。組織体系や活動実績のある団体ではなかったが，「目的が一つのね，悲しい思いを（残そう）っていうことだから，そのへんは案外まとまった」という。記録集発行後も，10 年ほどは村内の清掃等の活動もしたというが，現在は継続していない。

記録集は，連絡会の地区委員が原稿を集め作成された。「あっと思う人が，なかなか書い

---

[5] 以下，この章の「　」で引用元を明記していない発言はヒアリングによる。（　）内はいずれも筆者による補足。

てくれない（と思っていた）人ね，（そういう人も）『いや』と言わなくて，自然に集まりました」，「そんなに抵抗なく，みんななるほどなって感じで，うん，ほんとみんな苦い経験をして，そのまま書いてきさったし，みんな苦しい思いだったから」協力は得られたという。「延びたよねえ，いついつかまでに，というのが。できなくてねぇ」とは言うものの，校正も地区役員が分担した。

高齢者等には聞き取りも行った。「（聞き取りにいった役員も同じ）女だから，いろんなことも話してくれたってことがありますよ。たくさん」，「一緒になってね，泣いて話したこととかあるから。そういう面ですよ，きっと」，「ほとんど自然だよ。ほんとに自然（の声を聞けた）。まったく，そのまんまだよね」という。記録集には，漬け物や食べ物を持ち寄り，車座になって聞き取りをする「お年寄りの体験話の集い」の写真が集録されているが（同：140），集いの雰囲気や女性同士の信頼関係が聞き取りの成果をあげたと考えられる。

王滝村では村長が発行者となって『まさか王滝に！―長野県西部地震の記録―』（1986年3月，B5版全367頁）を作成している。村の公式記録とでも言うべきこの本に『わすれられない暦』が「避難所で」の節で10ページ（新内1986：256-264），「母として」の節で4ページ（同：312-315）にわたり抜粋，紹介されている。「男たちの多くは，消防，役場，区役員などの活動に入っており，まさしく避難所生活を体験したのは女性たちと子供であったからである。それに女性ならではの着眼もある」（同：256），「生々しく，心情を伝えている」（同：312）というのが抜粋の理由だ。さらに，『大地震の都市住民生活に対する影響に関する調査研究』（都市防災美化協会1992年発行）が『まさか王滝に！』から避難生活の実情を読み取っているが，参照されているのは『わすれられない暦』から引用した部分だ。王滝の女性たちが残した記録は，「女性の目から見た」震災体験として活用された。また木曽郡や近隣の町村で開かれる婦人会の会合に持参し頒布したという。

『わすれられない暦』の発行は，記録を残すというひとつの目的のもとに，①「個性をちゃんと把握しとるのよ，この人は。ここがあれだなって，全部把握しとって，それで広い範囲で集める」という会長の原のリーダーシップ，②原稿集めや聞き取りを行った役員，地区役員の実行力，③原稿を書いた女性たちの記録を残すという思いの共有，が揃ったことによって可能になったと言えよう。

第3章　記録を活かすための課題

第1章，第2章では，震災の経験を残す女性の活動を可能にする要因について検討した。新潟地震や長野県西部地震では被災範囲も違い，発行団体の活動実績も異なるが，女性の「なまなましい」「痛い」震災経験を残そうという思いが動機となり，その思いを形にする実行力を発揮して記録集を発行している。記録集は発行者の思いを反映し「女性ならでは」の震災経験や問題提起を残し，読む者に生の声を伝える物となっている。しかし『災害社会学入門』において『新潟地震と私たち』が紹介されたという例はあるものの（浅野2007：242），これら2冊の記録集が，災害とジェンダーに関心をもつ女性団体や研究者に活用されたとは言えない。残された記録を埋もれさせず，活かすには，何が必要なのだろうか。

実は，東日本大震災後の支援活動の参考となったと言われる『女たちが語る阪神・淡路大震災』だが，課題がなかったわけではない。制作メンバーの相川康子や正井礼子は，以下のように述べる。

> それら（2004年の秋から冬にかけて起きた中越大震災や世界各地の大災害のこと：筆者注）の惨状を見て，阪神・淡路の被災女性たちは，驚き反省しました。この10年間で，もう少しましな社会，女性にとって住みよい社会になっているかと思っていたのに，実は何も変わっていなかったからです。相変わらず，災害時に女性たちが苦しむような，差別されてしまうような社会が続いている。その反省から，震災10年を機に再検証，再発信をしようという動きが生まれました（相川 2010：8）。

> （防災フォーラムで）女性たちがどんな困難を災害時に経験したかということは，誰も語ってくれません。残念だなと思いながらも，（性暴力を許さない活動へのバッシングに）深く傷ついた私は性暴力や災害について何も語りたくないと，その後10年間沈黙することになりました［中略］アジア諸国の女性たちの行動に勇気づけられた私は，県内の女性団体に「阪神・淡路大震災を，女性の視点からもう一度きちんと検証しよう」と呼びかけ，2005年11月に「災害と女性～防災・復興に女性の参画を～」という集会を開きました（正井 2012：78-79）。

1995年の阪神・淡路大震災当時，女性の震災経験が提起する課題に対する社会の受容性は乏しく，記録は埋もれかけていたのだ。それが2004年以降の活動により，再検証され，ジェンダー視点からの支援活動や防災政策の実現，拡充に効果を発揮した[6]。再検証を可能にしたのは，「被災直後の生の声を集めた」（同：78）記録があったからだが，記録を残すだけで，活かされるわけではない。正井は，東日本大震災直後には，男女共同参画関連施設に『女たちが語る阪神大震災』等の書籍を寄贈しているが，これも記録を活かす取り組みである。

2004年の中越大震災においては，「被災地の女性たちは，自分たちが体験し経験したことを，記憶が風化する前に，ありのままを『記録』として書き残し」（新潟県中越大震災「女たちの震災復興」を推進する会 2010：56）記録集としたが，それだけでなく「危機管理の資料としても重要と思われる記録集の存在を多くの人に知ってもらいたい，また，これらの冊子を1冊にまとめられないか」（同：56）と，震災から5年後に，記録を再編集した記録集『忘れない。』を発行した。

記録が残っていなければ「ほかの地域とか次世代の方とも体験の共有」（相川 2010：8）が困難となるが，記録を残すだけでは埋もれてしまう。記録を残す活動とそれを継続的に発信する活動が揃ってはじめて，記録がジェンダー視点からの支援活動や防災政策の実現，拡充に効果を発揮する。記録を残す活動に取り組む女性の思いを実現し，記録を活かすには，継続的な発信活動が必要なのだ。それは，記録を残した女性団体だけでなく，記録を残された者でもできる活動である。『新潟地震と私たち』や『わすれられない暦』では，発

---

[6] 阪神・淡路以降の報告についても，「これまでに政策を大きく動かす力を持ちえなかった」ことが指摘されている（東日本大震災女性支援ネットワーク 2012：8）。また相川は阪神・淡路大震災の時点では明確な「女性の視点」がなく，社会問題化しなかったため，記録や統計資料が残っておらず，女性たちの無念さが伝わらないまま，うやむやになってしまって悔しいという（相川 2010：7-8）。政策を動かすことを含め，一層効果的な記録の残し方についての検討は，今後の課題としたい。

行当時の社会におけるジェンダーと災害への関心や受容性が低く，継続的な発信活動がうまくでき得なかったために，記録された震災経験がジェンダー視点からの支援活動や防災政策の際に参照されなかったと考えられる。

まとめに代えて

女性自身によって女性の震災の経験を記録に残す活動は，少なくとも，50年前の新潟地震に遡ることができる。震災経験を残そうという思いが動機となり，団体がその思いを形にできる実行力をもったとき記録が残される。本稿では，新潟地震後と長野県西部地震後に被災地の女性団体によって発行された記録集を再評価した。しかし発行された記録集が，ジェンダー視点からの支援活動や防災政策の実現，拡充に効果を発揮するには，記録を残すだけなく，継続的に発信する活動が必要である。

本稿が埋もれていた女性の震災経験の記録を再発信し，また東日本大震災後の継続的な情報発信の参考となって，今後の震災時の女性の困難の軽減に活かされることを願って稿を閉じる。

本稿を書くにあたっては，新潟県婦人連盟事務局の寺瀬千恵さん，王滝村総務課の森本克則さんにご協力いただいた。記して感謝の意を表したい。

参考文献一覧

相川康子 2010「21世紀の『防災戦略』」「女たちの震災復興」を推進する会『忘れない。』: 6-21

新井浩子 2012「災害・復興と男女共同参画」村田晶子編『復興に女性たちの声を』早稲田大学出版部：1-20

浅野富美枝 2012「被災女性による被災女性のための支援記録―はじめに」みやぎの女性支援を記録する会編著『女たちが動く』生活思想社：8-14

浅野幸子 2007「新潟地震と私たち」大矢根淳他編『災害社会学入門』弘文堂：242

家高卓郎 1986「発刊にあたって」新内俊次他編『まさか王滝に！』: 発刊にあたって

婦人教育のあゆみ研究会 1992「はじめに」『自分史としての婦人教育』ドメス出版：1-6

原清子 1985「はじめに」王滝村婦人団体連絡会『わすれられない暦』: はじめに

東日本大震災女性支援ネットワーク 2012『東日本大震災のおける支援活動の経験に関する調査報告書』

平賀圭子他 2012「被災者一人ひとりの復興を実現するために」内閣府他『東日本大震災復興シンポジウム in 岩手報告書』: 20-34

正井礼子 2012「阪神・淡路大震災の経験は生かされたのか」『女も男も　No.119 震災とジェンダー』労働教育センター：73-89

新潟県中越大震災「女たちの震災復興」を推進する会 2010『忘れない。』
新潟県婦人連盟 1964『新潟県婦連だより　第 13 号』
——1966『記念誌　20 年のあゆみ』
新潟県婦人連盟他 1965『新潟地震と私たち』
奥田節夫 1986「災害から学ぶ　概論」新内俊次他編『まさか王滝に！』: 123-131
王滝村婦人団体連絡会 1985『わすれられない暦　女の目から見た長野県西部地震』
新内俊次 1986『まさか王滝に！―長野県西部地震の記録―』
鈴木千栄子 2010「シンポジウム　忘れない。女たちの震災復興」新潟県中越大震災「女たちの震災復興」を推進する会『忘れない。』: 36-53
高橋ハナ 1992「占領下における地域婦人団体の発足」婦人教育のあゆみ研究会編『自分史としての婦人教育』ドメス出版：43-95
髙橋福子 2013「女性の参画」萩原久美子他編『復興を取り戻す』岩波書店：10-19
ウィメンズネット・こうべ 1996『女たちが語る阪神・淡路大震災』

II

無名性…　創造性…

映画『授業料』の受容

児童映画から「小国民」の物語へ

梁 仁實

1. はじめに

植民地期朝鮮（以下，朝鮮）で製作された映画は約 157 本である。2014 年 6 月に韓国映像資料院が中国電影資料館で映画『授業料』を発掘したことで，韓国に現存する朝鮮映画は 15 本となった。また，今回の発掘は 2006 年に中国の同資料館で発掘された『兵隊さん』（1944）以降，8 年ぶりのことであった。

ところで，本映画は光州の北町の小学校 4 年生の禹寿栄（ウ・スヨン）の作文[1]を日本内地（以下，内地）の有名シナリオ作家・八木保太郎と朝鮮の柳至眞が脚色[2]し，シナリオを書いた後，映画化したものであった。本作品は元々朝鮮のある小学生の作文であったことから内地では「朝鮮の『綴方教室』」と紹介され，そののち，映画物語として雑誌『富士』にも掲載されていた。すなわち，本作品は朝鮮の小学生の作文から出発し，有名シナリオ作家の手を経て映画化され，さらに映画物語になるというメディア・テクストの翻訳過程を経ていた。本稿では本映画をめぐるコンテクストも念頭におきつつ，メディア・テクストの翻訳過程にも注目したい。その過程は，朝鮮のある児童が書いた作文が内地の「小国民」の読み物として変わっていくものでもあった。

本稿ではそのために，1 次資料として八木保太郎のシナリオ『授業料』（『映画人』1940 年 4 月号掲載）[3]と映画物語が掲載された『富士』（1940 年 12 月号掲載），そして映画『授業料』を取り上げ，メディア・テクストの翻訳過程でどのような変化が起きていたのかについて考えていきたい。

2. 朝鮮の『綴方教室』とされた『授業料』

まず，本論に入る前に当時の朝鮮におけるダイグロシア状況について考えてみよう。1937 年以降，朝鮮はダイグロシア状況にあった。1938 年 3 月には第 3 次朝鮮教育令によって朝鮮語は必須科目から選択科目となり，「国語」常用政策が推進された。さらに，1941 年 12

---

[1] 作文の原文は『文芸』1940 年 6 月号，八木保太郎のシナリオは『映画人』1940 年 4 月号にそれぞれ掲載された。

[2] 『キネマ旬報』43 号（1942 年 4 月 1 日号）を見ると，朝鮮映画『仰げ大空』の紹介文のなかで同映画の脚本を書いた西亀元貞を紹介しながら，西亀が映画『授業料』と『家なき天使』の脚本を執筆したとされているが，これは西亀が当時朝鮮総督府の嘱託という立場で，『授業料』の立案に貢献したためであると考えられる。

[3] 『授業料』のシナリオが掲載された『映画人』は管見のかぎり，早稲田大学演劇博物館図書室，公益財団法人川喜多記念映画文化財団の二カ所に所蔵されている。本稿では早稲田大学に所蔵されているものを 1 次資料として用いた。

月に太平洋戦争が勃発すると，朝鮮では徴兵制が施行されるようになった。1942年の5月には「国語普及運動要綱」が発表され，文学や映画，演劇，音楽方面で極力「国語」使用が奨励された。また，1930年代半ばから内地の映画監督や俳優，スタッフの協力を得ていた朝鮮映画においては，映画をどのような言語で作るべきかは朝鮮の映画人にとって絶えない悩みであった[4]。例えば，当時，朝鮮映画の代表的な制作者であった李倉用（『授業料』を制作した高麗映画社の代表）は，小学校3年以上の教育課程のなかでは朝鮮語を教えなくなったが，映画のなかでも朝鮮語が使えなくなると，朝鮮語文盲率が80%を超える朝鮮で果たして日本映画が「解読」できるかどうかは疑問であるとしている[5]。

『授業料』の原作はこうした状況のもと，『京城日報』の「京日小学生新聞」コンクールで朝鮮総督賞を受賞した小学生の「国語」作文[6]であった。「京日小学生新聞」は新しい教育令に合わせ，小学校の教科書補助読本や参考書として1938年4月29日に創刊されたものである。その作文を八木保太郎が脚色し，朝鮮の監督・崔寅奎と方漢駿が映画化[7]したわけで，撮影は1939年6月から開始し，1940年完成した。このように小学生の作文が映画化されたという点で内地では「半島の『綴方教室』」[8]や「朝鮮が生んだ最初の児童映画」[9]として紹介されるようになった。

ところで，『綴方教室』は東京葛飾区渋江町の本田小学校4年生の豊田正子の綴方作品を26本集め，1937年に出版した作文を原作とする映画である。そもそも，この作文集は豊田の綴方の指導者であった大木顕一郎が豊田を指導した記録を「個人指導篇」として出したものである。この豊田の作文の内容は，東京の庶民たちの貧困を子供の目から描いたものとして，1938年3月に新築地劇団によって演劇化され，大ヒットし，ベストセラーとなった。同年8月には東宝で山本嘉次郎が映画化するなど[10]，『授業料』と同様に『綴方教室』も多様なメディア・テクストになっていった。

前述したように『授業料』は小学生新聞の入選作であるが，『綴方教室』はあくまでも教師の「個人指導篇」として出版されたものであり，ここでは教師の「指導」に焦点が当てられる。映画テクストのなかでも，『綴方教室』では作文を指導する大木先生の苦悩が多くの比重を占めるが，『授業料』では先生の苦悩よりも子供の学校生活に焦点が当てられた。『授業料』で教師役をする日本人俳優・薄田研二[11]は教室のなかで「国語」発音の矯正や綴方を指導することはせず，「ひかえ目」な演技をしている[12]。

---

[4] 少なくとも1930年代末までは，内地に移入された朝鮮映画に関しては，その主なターゲットであった在日朝鮮人を意識したダイグロシアの広告（朝鮮語と日本語の併用）が行われていたが，『授業料』が移入された1940年頃からそのような傾向もなくなったと考えられる。内地における朝鮮映画の広告での日本語と朝鮮語の併用については，梁仁實，2015，「帝国日本映画における朝鮮／映画へのまなざし」山泰幸・小松和彦編著『異人論とは何か　ストレンジャーの時代を生きる』ミネルヴァ書房，145-172頁を参照されたい。

[5] 『国際映画新聞』252号（1939年8月下旬号），4頁。

[6] 作文の原文は『文芸』1940年6月号掲載，シナリオは『映画人』1940年4月号掲載。

[7] 崔寅奎がほぼ監督を務めたが病気になったため，方漢駿が後半の監督をした。

[8] 『キネマ旬報』703号（1940年1月1日号）及び1940年5月1日の広告文，『国際映画新聞』276号（1940年8月下旬号）などに掲載された文句である。

[9] 『キネマ旬報』724号（1940年8月11日号）の広告記事の文言である。

[10] この『綴方教室』の「ブーム」については，中谷いずみ（2004）を参照されたい。

[11] 薄田研二は『綴方教室』ブームのきっかけとなった新築地劇団の中心俳優でもあった。

[12] 主人公・栄達が欠席する日が多くなると，その家庭訪問をするのであるが，この行動も生活指導を目

この二つのテクストをめぐる言説のなかで特徴的なことは，内地と朝鮮の貧困状況である。『授業料』で栄達の両親は金物類の行商を行っていて，『綴方教室』の父親はブリキ職人である。両方の両親は懸命に働いているが，生活状況が改善されるわけではなく，『授業料』では祖母と二人暮らしをしている栄達への授業料や生活費の仕送りさえも途絶えた状態である。また，『綴方教室』の豊田正子は，鉛筆と紙さえあればできる「綴方教室」は「子供の力ではどうにもならない」「貧富の格差」を感じない時間であったと述べ，「マイナス要因であるはずの『貧困』が積極的に価値づけられてい」った[13]。そして，この豊田正子は『授業料』や『家なき天使』など主に子供と貧困を結び付けた朝鮮映画が内地で受容される際，推薦文や広告文に頻繁に登場する常連でもあった[14]。

こうした貧困や貧弱のイメージは，内地で受容される朝鮮映画全般に拡大して考えることもできるだろう。内地では『授業料』の広告には子供の純朴さ，初めて映画に出演した主役少年の率直な演技，哀しさ，純真さ，友情，日本人教師と朝鮮人児童との交流をキーワードにした文句が用いられた。それに加え，児童の純朴さや純真さ，内地と朝鮮の交流は朝鮮映画の状況を表象するものでもあった。すなわち，朝鮮映画は「少ない資本と貧弱な設備」のなかで誕生した「映画 1 年生」であり[15]，『授業料』の児童のように，貧しいなかでもたくましく立ち上がるべきものとして表象されていたのである。

3.『映画人』という雑誌と『授業料』のシナリオ，そして映画物語

それでは，朝鮮の児童が書いた「綴方」の『授業料』はどのようにして映画となったのか。ここでは，『授業料』の映画とそのシナリオ，そして雑誌『富士』に掲載された映画物語『授業料』のテクスト分析をおこなう。

『綴方教室』と『授業料』の「綴方」を読んだ評論家の来島雪夫は「正子の文章には，他から教えられたり，自分で工夫したりした苦心の末に出来上がった巧みさ，うまみがある」が，『授業料』は「実に，率直で，表現欲も発表欲も自分としては持たないようで」「この可憐な生一本の少年の行動は，美しく愛すべきものだが，又，この衝動のはけ口の方向によっては憂うべきものも予想せられる」ので，総督府が「余裕のある心を以て，かかる[16]少年達の指導に努力を」払おうとして，この「綴方」を入選させたと推察した[17]。

そして，この来島は映画化された『授業料』のシナリオについても，「一寸勝手が違っていて，決して成功したものではないと思われる」と酷評した。しかしながら，在日朝鮮人

的としたものではなかった。なお，内地の『授業料』の広告記事では，薄田がこの映画の主役を務めたとしているもの（例えば，『国際映画新聞』276 号（1940 年 8 月下旬号））もあるが，重要な役割ではあるものの，主役とみなすことはできない。

13 中谷いずみ，2004,「『赤い鳥』から『綴方教室』へ──教師という媒介項」日本文学協会,『日本文学』53（9），36-46 頁。また，1938 年に起きた豊田正子ブームについては，中谷いずみ「〈綴方〉の形成──豊田正子『綴方教室』をめぐって」日本大学文学会編『語文』（111），2001 年 12 月号を参照されたい。

14 『キネマ旬報』726 号（1940 年 9 月 1 日号），『映画旬報』28 号（1941 年 10 月 11 日号）など。

15 『キネマ旬報』724 号（1940 年 8 月 11 日号）。

16 原文では「かくる」であるが，本文が横書きのため，「かかる」に改めた。

17 来島雪夫「児童映画　授業料」『映画評論』22（10），1940 年 10 月号。来島は原作とシナリオについては酷評しながらも，映画そのものに関しては「一見の価値あり」としている。

作家・張赫宙は「映画の企画のよさと純粋さ」もよく，「演出もカメラもいいが，シナリオがもっと優れて居り，成功の大半の功績を担って余りある」[18]と，シナリオについて高く評価した。張赫宙以外にも内地の多くの評論家たちが映画『授業料』の成功要因[19]の一つとして優れたシナリオを挙げた。

ここで『授業料』のあらすじを紹介しておく。

> 両親が行商に出てしまい，祖母と貧しい暮らしをしていた小学校4年の栄達（ヨンダル，エイタツ）は授業料も家賃も滞納し，学校にも行かなくなる。祖母は隣り町に住んでいる親戚に経済的支援をしてもらおうと，栄達を行かせる。栄達は一人で寂しさと疲れと奮闘しながらも，無事親戚の家に辿り着き，お米やお金をもらって帰ってくる。学校に行ってみると，級友たちが彼の事情を知り，「友情箱」を作って助けようとしていたし（原作はここまで），家には久々に親からの手紙とお金も届いていた（シナリオはここまで）。お盆（秋夕）になり，町がにぎわうなか，両親も無事戻ってきて，みんなで迎えに行くことになる（映画はここまで）。

このあらすじにはテクストによって追加されたところのみを表示したが，詳しく見てみると，各シークエンスでもテクストの変容によってシークエンスやシーンが変わっていく。次の節ではその部分について考えていきたい。

3.1 八木保太郎のシナリオ

映画『授業料』のシナリオを書いた八木保太郎は，1930年代の内地で流行っていた文芸映画のシナリオ作家として有名であった。なかでも有名な作品は『人生劇場』であり，愛知県出身の作家・尾崎士郎の原作を映画化したものであった。八木のシナリオの特徴は「文学性」と「人間追求」，そして「シナリオ構成の緻密さとか心理の必然性を妥当に表示すること」からくる「数学性」が取り上げられる[20]。

それでは，内地の著名なシナリオ作家・八木保太郎がなぜ朝鮮に行き，朝鮮映画のシナリオを書くことになったのだろうか。そして，そのシナリオはどのようにして内地で公開されるようになったのだろうか。

まず，八木保太郎のシナリオ『授業料』は社団法人日本映画人連盟（以下，映画人連盟）の機関誌であった『映画人』に掲載された。『映画人』が，映画雑誌の性格よりは，機関の会報ニューズレター的性格が強かったため，この掲載は稀なことであったと考えられる。

そもそも，この映画人連盟はどのような団体であったか考えてみよう。映画人連盟は，1939年4月1日，内地の各映画団体，つまり，日本映画監督協会，日本映画作家協会，日本カメラマン協会に新たな組織であった日本映画俳優協会，同様に新生であった日本映画美術監督協会が集まって作られた。のちに，これらの協会に日本映画録音技術者協会が追加された。同連盟が作られた目的は「日本映画の新たなる躍進の為に，全面的協力をなし，その文化的役割を果たさんと」することであった[21]。このように各映画団体の「技術者」が

---

[18] 張赫宙「半島映画界におくる言葉」『映画之友』1940年12月号，78頁。

[19] 『授業料』は朝鮮の映画館，そして内地の映画評論家たちには高く評価されたが，大衆の朝鮮映画に対する無関心により，内地の興行成績は低調であった（『映画旬報』第28号（1941年10月11日号））。

[20] 北原行也「八木保太郎」『映画評論』21（5），1939年5月号，85-93頁。

[21] 『映画人』1939年7月15日号。

集まって団体を作ろうとした契機は，1939 年 3 月映画法の議会上程であった[22]。

また，同連盟の構成は本部委員会，関東地方委員会，各分科会（経済，企画，研究，調査），関西地方分科会に分けられ，本部委員会は理事長，常任理事，理事，評議会の役員で構成され，連盟長は木村荘十二[23]がつとめた。

同連盟の主な業績の一つは機関誌『映画人』を定期的に発行[24]したことである。この会報の編集は，同連盟の構成団体の一つである日本映画作家協会の会員が担当した。会報の主な内容は各協会のニュースであり，各協会の構成員が書いた専門的内容のエッセーも掲載された[25]。「ザラ紙のパンフレット，編集技術の拙さ」から芳くないとの批判もあったが，北海道から朝鮮まで幅広い読者層[26]を持っていたのも，同会報の特徴である。

このように専門的な「技術者」の会報誌である『映画人』に映画『授業料』のシナリオが掲載されたのはいったいなぜだろう。前述したように，各団体のニュースを伝える，あるいは専門的エッセーが掲載されるなかで『授業料』のシナリオが掲載されたことは不思議に思われる。しかも，内地で『授業料』が公開されたときは，申し込んだ希望者に限って『映画人』を送付するとの文句が，広告に掲載されること[27]もあった。

それでは，どうして『授業料』のシナリオは『映画人』に掲載されたのだろうか。この映画のシナリオを書いた八木保太郎は，1939 年，日本映画『奥村五百子』[28]の撮影のため，朝鮮に渡った。八木はここで朝鮮総督府の招聘で「朝鮮映画人協会」創立準備委員会に参席[29]することになった。『授業料』のシナリオが掲載された『映画人』をみると，その編集後記において，「八木保太郎が朝鮮に行くことで去年の本誌 9 月号で紹介した朝鮮映画人協会が今度正式に設立」され，これを祝して『授業料』のシナリオを掲載した[30]と記されている。つまり，八木は全日本映画人連盟の作家協会書記長であったが，『映画人』に『授業料』のシナリオが掲載されたことは彼の朝鮮においての活動と，同連盟における活動が相俟った結果であったと考えられる。

3.2 映画『授業料』と八木保太郎のシナリオ

ところで，映画の完成度とともに高く評価された八木のシナリオであるが，シナリオから映画に翻訳される過程でどのような変容が起きていたのか，考えたい。もっとも大きい変容は，八木保太郎のシナリオと原作がすべて日本語で書かれているのに対して，映画はセリフに日本語と朝鮮語が併用され，朝鮮語のセリフには日本語の字幕がついたことであ

---

22 『映画人』1941 年 2 月号。

23 木村は 1930 年に映画監督デビューをしたが，1932 年に労働争議で所属会社から解雇された。以降独立プロダクションを立ち上げ活動し，1941 年に満州に渡ったのち，1953 年に日本に帰国した。

24 1 次映画雑誌統廃合時期であった 1940 年末に『映画人』は廃刊を免れたが，1941 年 2 月号を最後に自主的に廃刊した。

25 『映画人』に掲載される原稿は各会員のものであったので，原稿料はなかった。また，会報の構成で注目すべきは満映ニュースが頻繁に掲載されたということである。

26 『映画人』1941 年 2 月号。

27 『キネマ旬報』74 号（1940 年 5 月 1 日号）。

28 『奥村五百子』豊田四郎，東京発声映画製作所製作，東宝映画，1940 年。

29 『映画人』1939 年 9 月号。

30 『映画人』1940 年 4 月号。

ろう。このような日本語と朝鮮語の併用は朝鮮のダイグロシア状況を示すものでもある[31]。

背景についても，作文とシナリオでは朝鮮の地方都市・光州とその周辺都市（木浦，長城など）であったが，映画のなかでは水原が主な背景となり，周辺都市も仁川と平澤に変更された[32]。

また，シナリオと映画では作文にはなかった主人公・栄達の交友関係が登場し，小学校の教育課程も新たに登場した。もう少し詳細に見てみると，栄達が授業料未納で授業にも入らず，学校が見える丘の上で級友の貞姫と，二人で勉強しようとし，本を読んでいくシークエンスがあるが，これは朝鮮総督府が編纂した普通学校第2期国語読本（1933年）の「第13課神風」である。

そして，栄達が授業料を借りるために，隣り町・平澤の親戚の家まで60里を歩いていくロードムービーのようなシークエンスも原作にはなく，新しく加えられたところであり，この映画のクライマックスでもある。ここは，原作では，「忍苦の鍛錬」として，シナリオでは8つのシーンで構成され，そのクライマックスは「さびしい道　栄達，歩いて来て，突然歌を歌い出す，彼は元気で唄う。唄っているうちになんだか涙がほほへながれ出た」となっている。朝から歩きはじめ，「町はずれ」や「草ばたの木陰」を過ぎ，「寂しい道」や「人通りのない道」も歩いてきたが，「野の果の森」を通り過ぎたところで夕方となり，また寂しい道となったシークエンスである。映画のなかでこのシークエンスはシナリオよりさらに緻密に描写され，主演する子供の歪んでいく表情の変化や疲れていく仕草も細かく撮られている。例えば，シナリオでは「野の果の森」を通り過ぎ，「人通りのない道」となって，栄達が歌い出すが，映画のなかでは「野の果の森」を歩きながら「人通りのない道」に渡って，歌い出すのである。

しかも，ここはシナリオや原作では特に限定されておらず，単に「歌」となっている部分であるが，映画では栄達に当時小学校に普及していた軍歌の「愛馬進軍歌」[33]を歌わせる。「愛馬進軍歌」は1939年1月に朝鮮の各学校に普及[34]した。朝鮮総督府は軍歌を普及させるため，尋常小学校児童用図書として初等唱歌1年生用，2年生用，新刊3年生用と4年生用をそれぞれ発行したが，このなかで4年生用の初等唱歌に「靖国神社」などと共に「愛馬進軍歌」を掲載した[35]のである。この歌は1938年10月に内地の陸軍省主催の全国公募において入選した軍歌であり，1939年1月には内地と朝鮮全国に普及した。陸軍省はこの歌の普及のため，当時の日本6大レコード会社に同時にレコード制作を依頼するが，この6つのなかでもっとも人気があった曲は，馬の足音が効果的に収録されたキングレコードヴァージョンであった。そして，歌った歌手はテナー永田絃次郎（本名　金永吉）[36]であった。

---

[31] イ・ファジンによれば，朝鮮では日本語リテラシーの問題から演劇では上演時も朝鮮語が通用されていたが，映画では日本語が通用されていた（イ・ファジン，2011，『植民地朝鮮の劇場と音の文化ポリティクス』延世大学博士学位請求論文（＝이화진（2011）『식민지조선의 극장과 소리의 문화정치』연세대학교박사학위청구논문）。

[32] この変更は撮影の都合上のためであると推測される。

[33] 新城正一作曲，久保井信夫作詞。

[34] 「愛馬進軍歌　各小・中等校に普及」『毎日新報』1939年1月28日。

[35] 植民地朝鮮における唱歌教育について詳しくは，高仁淑『近代朝鮮の唱歌教育』九州大学出版会，2004年を参照されたい。

[36] 永田絃次郎については，金英達「美声のテノールに揺れるアイデンティティー――金英吉の名前と国籍の変転」『ほるもん文化』8，180-186頁，1998，『新映画』1941年11月号のグラビア（キャスティング）

さて，原作の「綴方」だけでは映画にならず，八木保太郎は様々な交友や人物を登場させており，映画のなかでは「牛車に乗る」「バスが通り過ぎてしまう」などの詳細な表現や，帰り道には親戚にバス代をもらい，バスに乗るときの楽しそうな表情などが子供らしい表現として現れる[37]。

こうしたシークエンスの長短やディテールの差異以外に，シナリオと映画とのもっとも異なるところは，言葉であろう。シナリオは日本語で構成されているが，映画は日本語と朝鮮語のダイグロシア状況である。例えば，薄田研二演じる田代先生は授業料未納で学校に来ない栄達の家を訪問するが，そこにいる栄達の祖母は日本語が少しも話せず，田代先生は朝鮮語が話せないので，二人は同じ空間にいながらもコミュニケーションがとれない。栄達の友人の姉が祖母の様子を見に来てくれたのを契機に今度はその姉の通訳を通じて二人は意志相通が可能になる。映画全体で子供たちは学校のような公的な場においては「国語」を使い，家庭や町中のプライベート空間においては朝鮮語を使うなど，ダイグロシア状況を使い分けるのも，シナリオとの差異といえる。前述した田代先生と栄達の祖母との相互の言葉によるコミュニケーションの不在は，現実的な描き方であったともいえる。

ところで，こうした映画『授業料』のなかのダイグロシア状況について，当時の内地と朝鮮の映画評論家たちの反応は相反している。『授業料』の制作者・李創用はある座談会で，映画『授業料』のセリフが内鮮融合になっていることは，八木保太郎がシナリオを書き，朝鮮で撮影台本を別途に作ってから撮影したためであり，当局が「国語」を強要したことはなく，映画人たちが自発的に『授業料』のなかで「国語」を使ったと述べている。しかし，内地の映画評論家は『授業料』の「成功」の要因を，シナリオを書いた八木保太郎の「内鮮語セリフ」の「巧みな融合」に見出し，この部分が内地映画の一部分として発展すべき朝鮮映画の将来に大きい示唆をくれる[38]と，相反する評価をした。映画そのものに対する評価はともかく，この議論でも核心的な部分には常に八木保太郎のシナリオがあったことを覚えておく必要がある。

4. 講談社『富士』の映画物語『授業料』

映画『授業料』は，1940年，朝鮮・京城と東京でそれぞれ公開された。そして，前述したように1940年4月には映画人連盟の機関誌『映画人』にそのシナリオが掲載された。また，同年12月には大日本雄弁会講談社（以下，講談社）発行の『富士』にその映画物語が掲載された。映画を見るだけにとどまらず，「読み物」として捉えようとする動きは1908年代からすでにあった。その頃の映画物語は，映画を見に行った観客が弁士の話し言葉を聞き覚え，あとで文字として翻訳した映画のあらすじ及び内容を匿名で雑誌に投稿するという，映画観客の能動的な映画経験であった[39]。無声映画時代の特徴として取り上げられる

を参照されたい。

37 滋野辰彦「試写室から朝鮮映画二本」『映画旬報』第8号（1941年3月21日号），50-51頁。

38 『キネマ旬報』724号（1940年8月11日号），『国際映画新聞』276号（1940年8月下旬号）。

39 山本直樹「『読み物』としての映画」明治学院大学大学院文学研究科芸術学専攻紀要『Bandaly』1，2002年，49-68頁。

こうした映画の「読み物」化は，1920年代になると映画産業の発展とともに，様々な映画関連テクストを生み出し，新聞にも「映画小説」というジャンルが登場することになる。「映画小説」は「読み物」としての映画ではなく，映画化されることを前提に書かれた小説である。そして，『富士』に掲載された『授業料』は「映画小説」よりは，「読み物」としての映画，つまり，映画草創期の「読み物」に近いものであろう。

ところで，映画『授業料』の映画物語が掲載された『富士』は果たしてどのような雑誌であっただろうか。『富士』の1928年1月の1巻1号をみると，その広告のなかで「面白いことでは日本一，而も非常に為になる，真の人物を作る，上品で痛快！無双の大雑誌！」と宣伝されている。その「創刊の弁」では「（前略）面白い，とても面白い，隅からすみまで一頁残らず面白くて堪らない。僕も読もう，俺も読もう，私も読みましょうと，万人が万人に好かれ愛さるる[40]雑誌として『富士』が」生まれたとされている[41]。『富士』の前身は『面白倶楽部』（1916年創刊）であるが，これが1927年『富士』と改題された。講談社で出された『キング』を分析した佐藤は，『面白倶楽部』も『キング』も同様にアメリカの雑誌をモデルにしているために，『キング』が100万部突破したら『面白倶楽部』はすぐ休刊になったという[42]。両方とも小記事中心で差異化できず，とりわけ『面白倶楽部』には『キング』の余剰原稿が使われたりしたので，『面白倶楽部』は1927年休刊せざるを得なかった[43]。

そして，その1年後の1928年『富士』として再出版されたのである。主に「ソクラテスの義務心」（1-3号）や「海の英雄ネルソン」（1-5号）など子供向けの物語と小記事を中心に構成された。1929年の5月号からは映画物語，そして同号からは映画スターの物語を掲載した。また，1934年9月号では「最新映画大鑑」が別冊として添えられるなど，小説，映画，漫才にも多大な興味を示していた。この『富士』に，映画物語として『授業料』が掲載されたのは1940年12月号であった。映画やシナリオの導入部は運動場で遊ぶ子供たちの姿であったが，映画物語の導入部は田代先生の「国語」の時間から始まる。また，シナリオや映画のなかにあった，この映画のクライマックスともいえる「愛馬進軍歌」を歌いながら寂しく道を歩くシークエンスはシークエンスではなく，一つのシーンとしてまとめられた。

しかし，『富士』の映画物語は，シナリオや映画にはなかった栄達の両親との邂逅を長く緻密に描いている。久々に両親に会えた栄達は父に「折角帰って来ても，又時期行商に出るのでは僕イヤだナア」といい，父は「いやもう今度は旅に出ないよ。ずっとこれから此処に住むことにしたんだ」という。続けて父は「本当だとも。今度の支那事変でお父さんの行商物の金物もほとんど作れないことになった。お父さんも，これから行商を替えて転向するんだ。この村に住んで，<u>戦争に必要な品物を創造する町の工場に</u>毎日通うことに決めたよ」（ただし，下線は引用者）と答える。

雑誌『富士』は1940年8月号から表紙に「国策協力」という文字[44]を掲載し，それまで

---

[40] 原文では「愛さるく」であるが，本文が横書きのため，「愛さるる」に改めた。
[41] 『富士』1（1），1928年1月号，18頁。
[42] 佐藤卓巳『キングの時代』岩波書店，2003年，132-133頁。
[43] 佐藤，前掲，133頁。
[44] 『キング』に「国策協力」という文字が登場したのは1940年4月以降であり（佐藤，前掲，311頁），

自然や動物，少年少女などで飾っていた表紙を軍服姿の軍人に変え，内容も小記事から時局的なものに変更したが，1941 年 12 月号を最後に廃刊となった。

映画『授業料』や原作の作文，そしてシナリオでは出てこなかった「戦争」という言葉がここに登場しているのは，1940 年 12 月という歴史的背景が原因であろう。このように映画，原作，シナリオでは，それぞれ制作されたコンテクストを反映する形で，大枠は変えないながらも，時代を伝える要素が配置され，少しずつ変容していったことは注目に値する。

5. 終わりに

『授業料』が内地で『綴方教室』と重ねられたのは，作文の質や内容ではなく，貧困というテーマのためであった。このことについては豊田も映画『授業料』の批評のなかで「映画の出来栄はどうであったか，そういうことは，本当のところ私にはわからない。私のものと同じに，綴方が映画化され，同じような貧乏ものなので，特に私は心を打たれたかもしれない」[45]とし，貧困が二つの作品の共通点であることを指摘する。そして，『授業料』を「半島の『綴方教室』」として考える時，重要なのはこうした貧困や貧弱として表象されたイメージが朝鮮映画にも付与されていたことである。

また，「半島の『綴方教室』」として内地に紹介された『授業料』は原作，シナリオ，映画，映画物語というテクストの翻訳過程のなかで，コンテクストに応じて，変化していた。原作では友情と内鮮交流が，シナリオと映画では，親戚の家まで歩いて行きながら「愛馬進軍歌」を歌う場面が，そして映画物語では最後の父との邂逅で「戦争にかかわる」日常の話に重点が置かれた。1940 年の 10 月でもまだ「児童映画」として紹介されていた『授業料』が，その 2 ヶ月後，児童ではなく，「小国民」に読ませる「物語」として変容していったことも注目に値する。

雑誌『富士』を出していた講談社の少年向け雑誌『少年倶楽部』の分析のなかで佐藤は，「『赤い鳥』に代表される大正期の童心主義が保護されるべき『子供』とみなしていた」のに対し，『少年倶楽部』は「国家を担う使命感や義務感を訴え」「少年が，『小国民』となり戦時体制に翼賛した」[46]と分析している。講談社発行の雑誌のなかで『キング』につぐ人気があった『富士』も同様に「小国民」向けに編集されていたことは容易に推察できるところでもあろう。朝鮮のある小学生新聞に掲載されていた「作文」は大人のシナリオと映画化を経て，内地においては「綴方」となり，またそこから「小国民」読者の「読み物」と変容した。

なお，映画物語『授業料』を掲載した『富士』の編集意図はどのようなものであっただろうか。本稿では資料不足でその問題を追究することはできなかった。今後の課題にしたい。

『富士』より 4 ヶ月早かった。

[45] 豊田正子「『授業料』の試写をみて」『映画之友』18（10），1940 年 10 月号。

[46] 佐藤，前掲，61-63 頁。

無名への回帰

1920年代のアンドレ・ブルトンの創作観

長谷川 晶子

はじめに

シュルレアリスム運動の理論家アンドレ・ブルトンにとって芸術は，芸術家に限らず，すべての人間によって手掛けられるべきものだった。だがどんな人であれ，いざ創作しようとすると「うまく表現しよう」という自意識に捉われて自由に創作できないことがある。また，ある程度表現できるようになったとしても，自分の成功例をモデルとしながら自分のスタイルを確立していく過程で，マンネリ化してしまうこともありうる。さらには，文壇や画壇のお墨つきを得ようとして既成の価値基準に迎合し，保守的になる傾向から免れることも非常に難しい。ブルトンはそのような妥協によって平凡に堕した創作の営みを断固拒否する。それでは，どのようにして芸術家は純粋な創作状態を保つことができるのか。本論では，ブルトンが「霊媒の登場」(1922年) や「シュルレアリスム宣言」(1924年) のなかで，理想的な創作方法をどのように提示しているのかを明らかにしたい。

ところで，ブルトンは純粋な状態で創作する方法を模索すると同時に，権威主義的な批評のあり方そのものを批判している。「様々な隔たり」(1923年) や『シュルレアリスムと絵画』(1928 年) のなかで，ブルトンは特に「キュビスム」などのレッテルを貼ることによって作品の価値を高めるふるまいを疑問視している。同時代の文芸サークルや美術サークルから外れたところで表現活動をする作り手を発掘し，評価することこそが批評の真の仕事であると考えていたブルトンが，このレッテルの問題とどのように向き合っているのかも理解しなければならない。

本論では作り手の創造的な態度と評価システムをめぐる 1920 年代のブルトンの思考を辿りながら，最終的に，この時期のブルトンにとって理想的な創作とは何かを解明したい。

I.『リテラチュール(文学)』誌の成績表——有名と無名の区分の攪乱

最初に，ブルトンの批評家としての基本的なスタンスを理解するために，ある点数表をとりあげよう。1921 年の『リテラチュール』誌第 18 号に掲載された有名人の成績表である[1]。ブルトンをはじめとする『リテラチュール』誌の執筆者は，ウェルギリウスやベート

[1] 『リテラチュール』誌の第一シリーズの寄稿者は，ポール・ヴァレリー，アンドレ・ジッドをはじめとしたブルトンたちより上の世代を代表する錚々たるメンバーだった。それに対し新シリーズは 1924 年に公式にシュルレアリスム運動を立ち上げることになる人々が中心である。この雑誌には，ヴァレリーやマラルメよりもランボーを選ぶようになるという，ブルトンの文学における方向性の転換の過程も刻まれている。

On ne s'attendait plus à trouver des noms célèbres dans LITTÉRATURE. Mais, voulant en finir avec toute cette gloire, nous avons cru bon de nous réunir pour décerner à chacun les éloges qu'il mérite. A cet effet nous avons dressé la liste suivante et établi une échelle allant de -25 à 20 (-25 exprimant la plus grande aversion, 0 l'indifférence absolue). Ce système scolaire, qui nous semble assez ridicule, a l'avantage de présenter le plus simplement notre point de vue. Nous tenons, d'autre part, à faire remarquer que nous ne proposons pas un nouvel ordre de valeurs, notre but étant, non de classer, mais de déclasser.

	Louis Aragon	André Breton	Gabrielle Buffet	Pierre Drieu la Rochelle	Paul Eluard	T. Fraenkel	Benjamin Péret	Georges Ribemont-Dessaignes	Jacques Rigaut	Philippe Soupault	Tristan Tzara	Moyenne
Alcibiade	-20	6	20	11	10	-20	0	0	12	11	0	2,72
Almereyda	11	1	20	1	-25	10	2	9	7	4	-25	1,36
d'Annunzio	0	-10	-25	11	-25	2	-20	1	-15	0	0	-7,36
Apollinaire	18	14	20	9	12	17	12	6	13	13	3	12,45
Aragon		16	20	8	16	16	12	17	11	13	12	14,10
Arp	15	17	20	0	6	17	14	17	14	2	12	12,18
Bach	19	0	20	20	-24	14	6	14	-20	5	2	5,09
Barrès	14	13	-25	16	- 1	9	4	-23	11	12	-25	0,45
Bataille	1	1	0	1	-24	-20	-20	-4	-1	-23	-25	-10,36
Baudelaire	17	18	0	14	12	14	14	11	12	12	-25	9,00
Beethoven	1	-25	10	10	-8	6	8	3	-25	-23	1	-3,81
Bergson	-10	-15	0	20	0	13,5	-20	-24	-1	-20	-25	-6,40
Berlioz	0	-1	-25	14	-23	1	-20	4	-20	-18	-25	-10,27
Bernard (Cl.)	-10	-24	20	10	-25	-1	-25	2	-20	-25	3	-8,63
Bernstein	-10	-10	-25	3	-25	-20	-25	-5	-1	-15	-25	-14,36
Bertrand (Al.)	9	11	0	3	12	0	3	0	5	2	-25	1,81
Bible (la)	17	16	0	20	10	1	18	9	16	19	-25	9,18
Birot	-1	-24	0	-10	-23	-20	-25	-22	-25	1	1	-13,45
Bolo	6	2	20	-1	-20	10	5	15	5	2	3	4,27
Bonnot	9	12	20	1	16	0	9	18	11	11	7	10,86
Braque	10	14	10	12	-10	5	-10	-6	5	0,5	0	2,77
Breton	19		20	12	18	19	14	17	18,5	19	12	16,85

『リテラチュール』第 18 号に掲載された有名人の成績表（抜粋）

ーベン，チャップリンなど，古代ギリシアから現代にいたるまでのヨーロッパの画家，思想家，音楽家，詩人，政治家，活動家などの有名人に点数をつけることで，自分たちの価値観を示そうとしている。

アポリネールを通じて知り合ったブルトン，ルイ・アラゴン，フィリップ・スーポーの3 名が協力して立ち上げたこの月刊誌は，「リテラチュール（文学）」という題名が連想させる権威主義的ないかめしさとは裏腹に，遊びやパロディを載せており，新しい表現を追求したいという若々しさに溢れている。この『リテラチュール』誌は 1919 年 3 月から 1921 年 8 月に刊行された第一シリーズ（全 17 冊[2]）と，1922 年 3 月から 1924 年 6 月まで刊行された新シリーズ（全 12 冊）から構成されているが，この第二シリーズに移行する直前に発表されたこの成績表は，ヴァレリーやジッドをはじめとする前世代の文学者たちの影響のみならず，トリスタン・ツァラのダダの影響からも逃れて，独自のシュルレアリスムを見つけようとするブルトンの思考の辿った軌跡を示している。

有名人の成績表では 11 名の審査員が採点している。対象は文学者に限らない。図に見られるように最初に名前があげられているのは，紀元前 5 世紀のアテナイの政治家アルキビアデス，続いて 19 世紀末から 20 世紀初頭に活躍したアナーキストのアルメレイダ（ジャン・ヴィゴの父親），三番目が 19 世紀末から 20 世紀に活躍したイタリアの作家ダヌンツィオである。時代，地域，分野も超えて ABC 順に縦に並べられ，Z ではじまるゾラに至るまで 6 ページにわたって有名人がリスト・アップされている。このような成績表を発表する意図は，巻頭で以下のように説明されている。

> 『リテラチュール』誌のなかに有名な名前を見つけることはもはや期待されていなかった。だが，こうした名声に決着をつけるために，それぞれにふさわしい称賛を授ける目的でわたしたちが集まるのがいいと考えた。そのためにわたしたちは次のようなリストを作成し，－25 から 20 までの格づけを設けた（－25 が最大の嫌悪，0 が全くの無関心を示す）。このような学校のシステムはわたしたちにはかなり馬鹿馬鹿しいものと思われるが，わたしたちの見解を最も簡単に示すことができるという利点がある。それに，わたしたちの狙いが分類することではなく，分類を乱すことにあり，わたしたちが新しい価値の体系を提案しているのではないということに注意をうながそうと思う[3]。

ここでまず確認できるのは，ブルトンたちが「有名／無名」に意識的であったことである。実際のところ，ヴァレリーやジッドら「有名人」ともいえるべき作家が寄稿していたため，矛盾した印象を受けるが，彼らが協力していたのはシリーズ最初のほうだけであり，特にダダを掲げるようになった第 13 号以降，雑誌が趣をガラリと変えたことを示しているのだろう。成績表の意図を説明するこのテクストには署名がない。「わたしたち」を代表する 11 名の審査員のうち[4]，ピカビアの妻ガブリエル・ビュッフェは音楽家として唯一社交界で

---

[2] 『リテラチュュール』第一シリーズの第 1 号と 2 号，第 6 号と 7 号，第 19 号と 20 号は合併号であるため，ここで取り上げている第 18 号はシリーズの終わりから二番目に刊行された。

[3] *Littérature*, n° 18, 1921, p. 2.

[4] 11 名の審査員とは，アラゴン，ブルトン，ガブリエル・ビュッフェ，ドリュ・ラ・ロシェル，エリュアール，フランケル，ペレ，リブモン＝デッセーニュ，リゴー，スーポー，ツァラである。ここに，愛国主義的な作家ドリュ・ラ・ロシェルの名前が混ざっているのは興味深い。ドリュ・ラ・ロシェルはアラゴンに誘われてダダの会合に参加し，『リテラチュール』誌にも詩を寄稿していた。『リテラチュール』

は多少知られていたが，それ以外は当時の文壇ではまだほとんど無名だった。それゆえ，これは権威をもたない若者が自分の判断で勝手に歴史上の人物や現在活躍している人物に成績をつけてしまおうという不遜な試みであると理解できる。

先の引用で述べられている「このような学校のシステム」は，成績表のように採点すること自体を指すと考えられる。ただし，フランスの成績は通常，当時も現在も 0 点から 20 点までの採点方式が採られているが，ここでは，－25 点から 20 点までに変更されている。有名人に限らず様々なものに点数をつける試み自体は，ブルトンの仲間たちのあいだで頻繁に行われていた[5]。わたしたちの知る限り『リテラチュール』誌に掲載されたものだけが，下限を－25 点に設定している[6]。

この成績表で特に目につくのは，審査員の点数がばらばらであることだ。たとえば，アルメレイダに対して，アラゴンは 11 点，ブルトンは 1 点，エリュアールは－25 点を，あるいは「聖書」についてトリスタン・ツァラが－25 点をつけているのに対し，他のメンバーは意外に高い点数をつけている。つまり，「わたしたちの見解を最も簡単に示す」目的で作成された成績表であるにもかかわらず，統一の見解は示されていない。平均点による順位がベスト 20 とワースト 20 の表として，最終ページに目立たないように掲載されているとはいえ[7]，この結果に関する分析や総括どころかコメントすらない。つまり彼らが有名人の成績表を掲載したのは，シュルレアリスムの基本姿勢が実はばらばらの価値観，多様性を許容することにあることを示すためだったと考えられる。

ところで，この有名人の成績表をよく見直すと，「有名な名前」のみを挙げているように見せかけながら，無名の人間の名前を巧みに忍び込ませていることがわかる。サドやロートレアモン，ランボーなど当時の文壇ではほとんど評価されていなかった作家であるし[8]，第一次世界大戦の犠牲者を代表して凱旋門の下に埋葬された「無名の兵士」やブルトンの個人的な友人ジャック・ヴァシェの名前もリストに含まれている。

有名な人物たちの名前のあいだに，あまり知られていないかあるいはまったく知られていない人間の名前を紛れ込ませてそれらを比較することは，ある意味，民主主義的な行為であると考えていいだろう。ブルトンたちはこの点数表の目的を古くからのヒエラルキーによって分けられた「分類を乱す」ことにあると述べていた。有名人を特別視して「分類

誌のメンバーとの関わりについては，以下の書物が詳しい。Pierre Andrieu et Frédéric Grover, *Pierre Drieu la Rochelle*, Hachette, 1978, réédité, La table ronde, 1989, p. 139-145. ドリュ・ラ・ロシェルとブルトンたちの交流については，吉澤英樹氏にご教示いただいた。ここに感謝の意を表する。

[5] シュルレアリストたちは偉人以外にも点数をつける遊びを行っていた。たとえば，女性の身体の各箇所や，個人の嗜好に関する点数表を作成している（« La Femme », « Notation des femmes, des chats, des pédérastes, des mâles, des vierges », http://www.andrebreton.fr, 2015 年 3 月 29 日閲覧）。

[6] 1920 年 6 月の成績表のメモでは，点数は 20 から－20 までとなっている（Vincent Gille, « Oui, soit. Victor Hugo et le surréalisme », *Le Splendide XXe siècle des surréalistes*, Julia Drost et Scarlett Reliquet (dir), Les presses du réel, 2014, p. 62）。上限よりも下限を増やすというアイディアは，既成の価値観の否定と破壊を強く主張するツァラが提案した可能性が高い。実際，ツァラは偉人の成績表で誰よりも多く－25 点をつけている。

[7] *Littérature*, n° 18, 1921, p. 24.　集計をしたのはフィリップ・スーポーである。

[8] たとえば，『ルヴュ・ド・フランス』に寄稿していたフェルナン・ヴァンデランの『わたしたちの文学史の教科書』において，ロートレアモンに関する言及は見つからない。ランボーについては「この単純で無名の労働者」という記述が見られる（Fernand Vandéram, *Nos Manuels d'Histoire littéraire,* La Renaissance du Livre, 1922, p. 30）。

するのではなく」，有名と無名の「分類を乱す」という説明は明快である。

ただし，それだけでは単なるアナーキーなふるまいになるが，実際のところ，『リテラチュール』誌には，無名の作家を紹介したり忘れ去られた作家を再発見したりすることによって，既成の評価をゆるがすだけでなく，評価基準を再検討しようとする動きも見られる。この雑誌はイジドール・デュカスの『ポエジー』（第3号，1919年5月）やアルチュール・ランボーの「ジャンヌ＝マリーの手」（第4号，1919年6月）をはじめとする，当時世に知られていなかった作品が積極的に紹介されている。トリスタン・ツァラはこうした動向に対し，こういう仕事は詩人ではなく「むしろ批評家や歴史家の仕事ではないでしょうか[9]」と書簡のなかでブルトンに苦言を呈しているほどだ。しかし，ブルトンは1914年に詩人として文壇にデビューしながらも，1918年以降，批評家としての活動をやめることはなかった。彼は単に向こう見ずな若者として権威を攻撃するだけでなく，ヒエラルキーが固定化してしまうのを避けるために，常に疑問を突きつけ続けるという批評行為を創作と両立させていったのである。

Ⅱ.「シュルレアリスム宣言」（1924年）と「シュルレアリスムと絵画」（1925年）——レッテルに対する反抗

有名と無名の境界線を攪乱しようとするブルトンの試みの根底にあるのは，権威主義的な当時の芸術批評に対する不信だったと考えられる。1925年から執筆された「シュルレアリスムと絵画」では，特にレッテルを貼ることの功罪が厳しく批判されている。

> 芸術批評の完全なる破産，レイナルとかヴォーセルとかいった人たちの記事が愚かさの限界を超えているということは，まんざらわたしの気に入らないことではない。〔…〕ユトリロがまだ売れているとか，もう売れているとか，シャガールがシュルレアリストとして通るようになったとかならないとか，そういったことは，食料品店の使用人諸氏にふさわしい話題である[10]。

レイナルやヴォーセルは，キュビスムや未来派など当時の芸術を評価していた比較的名の知られた美術批評家である。ブルトンは，レッテルを貼ってはいけない理由を以下のように説明している。

> わたしたちがあくまで最大限の期待をかけている人間の活動に，一枚のレッテルがあきれるほ

---

[9] Henri Béhar, *André Breton, le grand indésirable*, Fayard, 2005, p. 75（邦訳アンリ・ベアール『アンドレ・ブルトン伝』，思潮社，1990年，85ページ）.

[10] Breton, « Le Surréalisme et la peinture », *La Révolution surréaliste*, n° 6, mars 1926, p. 30. このテクストはその後「シュルレアリスムと絵画」（1928年）に収録される際に書き直されている（*Œuvres complètes*, IV, Gallimard, 2008, p. 359，邦訳『シュルレアリスムと絵画』瀧口修造・巖谷國士監修，1997年，人文書院，26ページ）。*Œuvres complètes* は以下OCと略す。ここでブルトンから批判をうけているレイナルはキュビスムの批評家として活躍していた美術批評家であるが，彼は1925年11月の『ラントランジジャン』誌に「シュルレアリスム絵画はそれほど遠くまでいけない」と批判的に書いている。カテゴリーを押しつけようとするレイナルの「シュルレアリスム絵画」に対し，ブルトンは「シュルレアリスムと絵画」という別の考え方を示して抵抗している。

ど限定的な性格をかぶせてしまうということに対して，わたしはいつまでも異を唱え続けるだろう。ずっと以前から『キュビスト』というレッテル*にはそんな落ち度がある。たとえ他の画家たちにはふさわしいものであっても，ピカソやブラックにはそれを免除することが急務だと思われる。

*それがシュルレアリストというレッテルであっても[11]。

確かにこの時期のピカソはキュビスムの作品ではなく，シュルレアリスムに影響された力強い絵画作品を描いていた。だがその誤りを指摘するという以上に，ブルトンの狙いは，レッテルを貼ることによって芸術家の活動を限定的なものにする危険性を指摘し，警告することにあった。

ところで，この「シュルレアリスト」というレッテルに関して思い出されるのは，ブルトンが「シュルレアリスム宣言」で行った「誰々は何々においてシュルレアリストである」という有名なリストではないだろうか。

スウィフトは悪意においてシュルレアリストである。
サドはサディズムにおいてシュルレアリストである。
〔…〕
ルーセルは逸話においてシュルレアリストである。
等々[12]。

ここで人名はABC順ではなく，おおよそ年代順に並べられている[13]。スウィフトの前に言及されたヤングの『夜想』も含めれば，ルーセルに至るまで19名をリスト・アップした後に「等々」をつけ加えることにより，このリストが変更されうることを示唆している。事実，ブルトンは今後シュルレアリストのリストを提示する際，人名を随時入れ替え，人数の増減を行っている[14]。

上の引用の「シュルレアリスト」というレッテルについて注意しなければならないのは，これからもシュルレアリスム運動を共に展開する予定のメンバーに対してはこのレッテルが用いられておらず，過去の人間に対してのみ用いられているという事実だ。

---

11 Breton, « Le Surréalisme et la peinture », *La Révolution surréaliste*, n° 4, juillet 1925, p. 30. 強調は引用者。この引用部分はその後「シュルレアリスムと絵画」(1928年)に収録される際，書き改められた(OCIV, p. 357, 邦訳前掲書 23-24 ページ)。

12 Breton, OCI, Gallimard, 1988, p. 329（邦訳『シュルレアリスム宣言・溶ける魚』巖谷國士訳，岩波文庫，1992，47-48 ページ）.

13 ただし例外はある。たとえば最後に置かれたルーセルはヴァシェより先に生まれているため，厳密には年代順に並んでいるとはいえない。ところで，最初の妻シモーヌに贈られたブルトンの「シュルレアリスム宣言」の草稿を見ると，ボードレール以降のリストの変更はないようだが，サドからポーまでは名前の間隔が狭いため，後から数名の名前がつけ足された可能性が高い。それに対してルーセルを「等々」の直前に置くことはブルトンの心のなかでは予め決まっていたようである（*9 Manuscrits exceptionnels d'André Breton, provenant de la Collection Simone Collinet*, 21 mai 2008, Paris, Sotherby's, p. 11)。このリストの順序の解明は今後の課題としたい。

14 ブルトンは « Surrealism yesterday, to-day and to-morrow »（*This Quarter*, septembre 1932）ではアルベルトゥス・マグヌスから郵便配達夫シュヴァルにいたるまでの26名をシュルレアリストとしているが，*Petite anthologie poétique du surréalisme*（Jeanne Bucher, 1934）では 18 名に減らしている。

> **絶対的シュルレアリスム**を行為にあらわしてきたのはアラゴン，バロン，ボワファール，ブルトン，カリーヴ，クルヴェル，デルテイユ，デスノス，エリュアール，ジェラール，ランブール，マルキーヌ，モリーズ，ナヴィル，ノル，ペレ，ピコン，スーポー，ヴィトラックの諸氏である[15]。

ここでABC順に名前が挙げられている作家のほとんどが，当時ほぼ無名といえる人々である。「**絶対的シュルレアリスム**を行為にあらわしてきた」という表現以外にも，「シュルレアリスムの声を聞いた[16]」という表現が見られる。彼らはシュルレアリスム的な「行為」をしたり「声」を聞いたりしたとしても，常にシュルレアリストであるわけではないということになる。ブルトンはレッテルを貼ることによって自分たちの今後の活動が制限されることを警戒していたのだ。

ブルトンは「シュルレアリスム宣言」でリスト・アップした19名以外にも，ダンテや全盛期のシェイクスピアについて「それぞれの成果を表面的に見るだけならば，〔…〕かなりの数の詩人たちがシュルレアリストとみなされうるだろう[17]」と述べている。「みなされうるだろう pourraient passer pour」というこの条件法が示しているのは，シュルレアリストと言われかねない芸術家は，表面的な成果＝作品を見た場合はそう見えるとしても，実際は違う，あるいはいつもそうではないということである。レッテルの持つ「限定的な」力を知りながら敢えて用いられた「シュルレアリスト」という名称は，実際にはブルトンたちとは関係の薄い芸術家について用いられている以上，ここで行われているのは「誰々はシュルレアリストである」というカテゴリーに限定したがる一般的な美術批評の文言のパロディであるとさえいえるだろう。

ブルトンはダンテやシェイクスピアそれに 19 名の作家がシュルレアリストでない理由を，ランボーのいわゆる「見者の手紙」を下敷きとして次のように述べている。「わたしは強調しておくが，〔…彼らは〕自尊心の強すぎる楽器であり，だからこそ，いつも調和のとれた音を出すとは限らなかったのである[18]」。それに対して自分たちはどうなのかということについては，以下のように説明している。

> 〔…〕わたしたちはどんな濾過作用にも身を委ねることなく，わたしたち自身を，作品にあまたのこだまを取り入れる無響の集音器に，しかも，それぞれのこだまの描く意匠に心を奪われたりしない謙虚な**記録装置**にしたてあげてきたからには，おそらく彼らより一層高貴な動機に奉仕しているはずである[19]。

ここでブルトンは，ランボーの用いたヴァイオリンという楽器のメタファーを巧みに機械に置き換えている。フォノグラフをはじめとした口述筆記機器はすでに発明されていたとしても，内的な声を文字にして記録する機械はまだ存在していなかった[20]。ともかく，「謙

---

15 Breton, OCI, p. 328（邦訳前掲書，46 ページ）.
16 *Ibid.*, p. 329（邦訳同書，49 ページ）.
17 *Ibid.*（邦訳同書，47 ページ）.
18 *Ibid.*（邦訳同書，49 ページ）.
19 *Ibid.*, p. 329-330（邦訳同書，49-50 ページ）.
20 18 世紀に作られ，現在でもヌーシャテルに現物がある，自動的に文字を書く「作家」と呼ばれる自動人形のイメージもここでは重ねられていると考えられる。

虚な記憶装置」になって「自尊心」から逃れて内なる声を書き取ることが重要であるということだ。

ブルトンは安易なカテゴリーの分類を行うだけの権威主義的な批評を打破することを目指しながら，その一方で批評を発表することを決してやめることはない。それは，批評が創作に対して及ぼす肯定的な力を認めていたからに他ならない。言い換えれば，批評は作家や画家に自由な創作活動を促すことを任務としているということだ。それでは，ブルトンにとってあるべき創作とは何なのか。この点を最後に明らかにしていきたい。

Ⅲ．ブルトンの自動記述の実験――無名への回帰の試み

先の引用で，ブルトンは「謙虚な**記録装置**」になることを夢見ていた。その方法のひとつとして紹介されているのが有名な自動記述である。ブルトンはこの実験を開始するきっかけを，「霊媒の登場」（1922 年）のなかで次のように説明している。

> 1919 年のことだが，わたしの注意はもっぱら，眠りにつく直前のたったひとりでいる時間に，予定された何かをそこに発見できないような形で精神に感じられてくる，多かれ少なかれ部分的な，いくつかの章句の上に注がれてきた。際立ってイメージに富み，完全に正確な構文をそなえているこれらの章句は，わたしには第一級の詩的要素であるように思えた。わたしはまずそれらを記憶にとどめるだけにしておいた。スーポーとわたしとが自分たちのうちに，そうした章句の形作られる状態を進んで再現しようと思いついたのはしばらくたってからである[21]。

ブルトンは聞こえた章句を「シュルレアリスム宣言」では具体的に「何か，『窓でふたつに切られた男がいる』といったような章句[22]」と紹介している。ブルトンは，これらの到来したイメージを美しい調子であると感じ，このような受け身の創造活動を再現したいという思いに駆られる。ただしブルトンは「決まった目的のためにそれらをとらえる気配りをもって湧き出させようとすると，その結果は，もはやたいしたところまではいけない[23]」とも，「いつかそれに近づいたことがあるからといって，それを依然保持していると自負しているような人はいかにも愚かだろう[24]」とも述べている。つまり，イメージに富んだ章句や視覚的表象を能動的に手に入れることはできないということであり，仮にイメージが到来するにしても，いつ来るのか作り手には予想できず，仮に降ってきても再度降りてくるのかどうか，作り手には予測ができないということになる。ブルトンは「シュルレアリスムと絵画」のなかで画家がすばらしいイメージに襲われる瞬間の続く時期を「**恩寵状態** *état de grâce*[25]」と呼んだ。この経験が例外的であることを強調するためだろう。ブルトンはこの

---

[21] Breton, « Entrée des médiums », OCI, p. 274（邦訳『アンドレ・ブルトン集成』第 6 巻，巖谷國士訳，人文書院，1974 年，131 ページ）.

[22] Breton, « Manifeste du surréalisme », OCI, p. 325（邦訳『シュルレアリスム宣言・溶ける魚』前掲書，37-38 ページ）.

[23] Breton, « Entrée des médiums », OCI, p. 274（邦訳『アンドレ・ブルトン集成』第 6 巻，前掲書，132-132 ページ）.

[24] *Ibid.*（邦訳同書）.

[25] Breton, « Le Surréalisme et la peinture », *Révolution surréaliste*, n° 6, mars 1926, p. 30.（OCIV, p. 359, 邦訳『シ

恩寵状態が稀有なことであると自覚していた。それゆえ，ブルトンは「謙虚な**記録装置**」に自己を化そうとして，自動記述の実験以外にも，積極的に，催眠術の実験や夢の記述を試みたのだ。

ところで，シュルレアリスムといえば自動記述だと限定的に語られることがあるが，それは必ずしも正しいわけではない。ブルトンにとって「シュルレアリスム」という語が，視覚的，聴覚的イメージが到来するという不可思議な現象全体と結びついていたことは，「シュルレアリスム宣言」の定義の部分からも確認できる。

〈シュルレアリスム〉　男性名詞　心の純粋なオートマティスムであり，口述，記述，その他あらゆる方法を用いつつ，思考の実際上の働きを表現しようとする[26]。

思考を書き取るために，記述に限らず，ありとあらゆる方法が用いられうる。個人で行うにせよ，集団で行うにせよ，オートマティスムは有名になりたいなどの「自意識」から逸脱する試み全体と結びついていた。ブルトンとスーポーの連名で発表された『磁場』(1920年) に収録されたテクストは，ふたりが交互に書いたものもあれば，ひとりが書いたもの，題名だけもうひとりが書いたものなど様々であるが，読者は書き手を簡単には区別できない。ブルトンは 1919 年以降，連名のみならず，無署名でテクストを発表するようになる[27]。催眠術の集団実験を報告する記事を発表したり，別の新聞に載った三面記事を機関誌に掲載したり，「甘美な死骸」の遊びをしたりしながら，ブルトンはうまく描こうとする自意識から逃れるだけでなく，作家性を捨て去ろうとする。自動記述の実験は，このような無名性への回帰の様々な試みのひとつと考えていいだろう。

自動記述の試みには，作家が自分の才能やオリジナリティに拘泥しなくなるという利点がある一方で，実際には，自動記述的なテクストを再生産するという危険性をはらんでいた。ただしブルトン自身はオートマティスムによって創造された作品には，それぞれの人間に本来備わったそれぞれの「生」が刻印されていると考えていた。「シュルレアリスム宣言」のなかで，ブルトンは現実生活や習慣の単調さを非難する一方，そこに存在する身体のオートマティスムの例を指摘し，神のつくりだした自然は同じように見えても葡萄の房の実はすべて異なっているというパスカル『パンセ』の一断章(ブランシュヴィック版 114)を論拠として，その豊かさを強調している[28]。

ところで，シュルレアリスムの絵画について，様式の統一感の欠如が指摘されることがある。先の有名人の成績表において，価値観の多様性を許容することがシュルレアリスムの基本姿勢であることを確認したが，実は特定の様式に分類できないような多様な絵画こそ，シュルレアリスムの目指すものであり，シュルレアリスムを実践していることの根拠となりうるのだ。

ュルレアリスムと絵画』前掲書，26 ページ）

[26] Breton, OCI, p. 328（邦訳『シュルレアリスム宣言・溶ける魚』前掲書，46 ページ）.

[27] 特に重要なテクストは「エスプリ・ヌーヴォー」である。このテクストは無署名で『リテラチュール』新シリーズ第 1 号に発表された。

[28] Breton, OCI, p. 315（邦訳『シュルレアリスム宣言・溶ける魚』前掲書，17 ページ）.

結論にかえて

1920 年代以降もブルトンは，創作の際の余計な意識をとりのぞくために，自動記述だけでなく夢の記述や「甘美な死骸」など，自然状態を人工的に作り出す方法を探求し続けることになる。ブルトンの夢みた「自動記述」も繰り返し行われれば，マンネリ化を避けられないことが次第に明らかになるだろう。人と異なった作品を作りだそうという意識は，有名になりたいという野心を抱く無名な人の創作活動の障害になるばかりか，すでに名声を勝ち得た作り手にとっては，失敗は許されないというプレッシャーとなるために，無償の精神状態が必要になる。それはブルトン自身おそらく意識していたことだ。1924 年に文壇の注目を集め，1930 年代後半には一般的な知名度が高まったブルトンだが，自分の自由な創作やシュルレアリスムグループの活動の固定化を避けるために，無償で作られた——少なくともそう見える——無名の作品を発掘し，モデルとして掲げる批評行為を積極的に行っている。その代表例が，アカデミスムの枠外で，社会のマージナルな人々が作りたいという欲望に忠実に作ったアール・ブリュットを擁護する戦後の活動だろう。

同時にブルトンは，無名と有名という境界線そのものは実は確固たるものではない，あるいは固定的であってはならないと考えていたようである。有名な作家もマンネリ化すれば，誰からも読まれなくなってしまう。それを避けるためには，自意識を捨てることで，書きたいという欲望に突き動かされていた無名の頃の状態に戻る勇気が必要となる。逆に，無名の人も計算したり，野心を持ちすぎたりすれば，創造性を維持できなくなるだろう。ブルトンがレッテル貼りを弄んだり，無我の創作方法を人工的に作ったりするという逆説的な挑戦を試みたのも，この無名と有名との境目をゆるがせることで生まれるダイナミズムに可能性を見出していたからではないだろうか。

このように，ブルトンの詩人としての活動と批評家としての活動は同じ原理によって支えられていると考えられる。本稿の第一部で取り上げた，批評の分類リストを攪乱する彼の試みは，伝統的な書き方にとらわれず，完全なる受け身で詩を創作しようとする試みと連動している。もちろん，ブルトンにおいては，理論テクストが創作を促すのではなく，まず不思議な一節が自分のところにやってくる経験が先にあり，その後，それを説明するために理論テクストが書かれる傾向がある。ブルトンの理論テクストは非常に多義的で，曖昧だという批判をうけることが多々あるが，それは彼の批評が自分や仲間たちの多様な創作活動を活気づけるために書かれていた以上，当然と考えることもできる。

1924年に公式に活動を開始したシュルレアリスムは，その後，多くの芸術家たちを巻き込む大きな運動になる。作品よりも生を重要視するシュルレアリスムは1926年頃から政治的な様相を呈するようになるが，政治的な理由あるいは個人的な事情でグループから離脱する者，そこに留まる者，新たに参加する者がでてくる。「シュルレアリスト」というレッテルの問題はその後重要性を増すことになるだろう。ブルトンは純粋な創造を夢想する詩人として，またグループを組織する戦略家として，運動の理論やシステムの固定化を避ける努力をしながら，グループを活気づけるためのプロモーションを行っていく。1930年代以降のレッテルとグループの戦略の問題については今後明らかにしていきたい。

19 世紀にアメリカ女性が書いたこと

料理のレシピをめぐる考察を中心に

秋田 淳子

[1] はじめに

アメリカ小説において，多くの女性主人公たちが書く行為によって生かされてきた。たとえば，Charlotte Perkins Gilman の“The Yellow Wallpaper” (1892)における白人中産階級の女性主人公は，保守的な女性像を強いる伝統的な価値観にたいする葛藤から心身に不調をきたし，当時流行した「安静療法」を受けている。知的な活動の一切を禁じるこの療法は彼女を狂気へと導くこととなるのだが，日記の執筆が彼女の生きる行為を支える。Hisaye Yamamoto の“Seventeen Syllables” (1949)の Tome Hayashi は，移住先のアメリカで，日本の家父長制の価値観の影響を受けた夫と，英語を母語とする 2 世の娘と暮らす。夫や娘とコミュニケーションをとることが困難な中で，日系移民である彼女は俳句を執筆することで心身の安定を保つ。書くことにより，困難な状況に置かれた女性たちが自己崩壊の危機から救われる。文学作品における彼女たちの姿は，無名の書き手たちと書く行為の関係性を象徴し，公表を目的とせずに執筆される，書き物の意義を改めて問う。

公表を前提とはしなかったにも関わらず，後に出版されることとなった書き物もある。それらの中には，「特殊」な実体験が記されている日記や体験記も数多く存在する。たとえば，Captive Narrative の一作品である *The Narrative of the Captivity and Restoration of Mrs. Rowlandson* (1861)は，ネイティヴ・アメリカンに捕えられた白人の体験を記す。また，多くのマイノリティたちにたいする迫害の歴史をもつ国家は，アフリカン・アメリカンの Harriet Ann Jacobs による，*Incidents in the Life of a Slave Girl* (1861)のような自伝を残すこととなった。書き言葉を獲得した彼らは，自らの体験を広く知らせるため，また，糾弾するために，書くことを政治的な武器とした。

本論では，日常生活において精神的な苦痛を経験したり，日記や体験記を告発や抗議の手段とした無名の書き手たちとは異なり，「特別な」体験がない主婦たちの書く行為を考察したい。彼女たちは，正気と狂気の境界を意識するほどの葛藤を経験することもなく，一見，単調で平凡な日常生活を営む。日常生活を送る中で，無名の主婦たちは，私的な日記，手紙，家計簿，そして，料理のレシピを残してきた[1]。本論では，無名の主婦たちの書く行為の系譜を，料理のレシピに焦点をあてて考察する。その際，無名の書き手でありながら，著書形態のレシピブックを出版した 1796 年の Amelia Simmons と 1867 年の Mrs. A. P. Hill のアップルパイについてのレシピ，当時流行していた家事アドヴァイスブックや感傷小説の著名な作者であった 1841 年の Sarah Josepha Hale，1844 年の Lydia Maria Child，1858 年の Catharine E. Beecher ら 5 人による，各々のレシピブックからの言説を例にあげたい。さ

[1] Elverson, 5 などを参照のこと。

らに，同時代に出版された大衆女性雑誌 The *Ladies' Home Journal*（以下 *LHJ* と記す）に投稿された，無名の主婦たちのレシピを考察する。料理のレシピという私的な書き物が，書く習慣を女性文化の中に定着させることをとおして，アメリカの女性文化の形成に重要な役を果たしたのみならず，愛国心を育成するという大義に彼女たちを加担させていたことを指摘したい。

[2] 19 世紀のレシピブックにおける言説

植民地時代や建国初期のアメリカの家庭の主婦は，17 世紀のイギリスにおいてすでに流行していた家事アドヴァイスブックや，料理の調理法を記したレシピブックを利用していた[2]。シモンズの *The First American Cookbook* は，アメリカで最初に出版されたレシピブックとして知られる。アメリカを原産とする材料や，ネイティヴ・アメリカン由来の調理法を掲載した同書の 1796 年の出版を契機に，多くの同種の本がアメリカ国内で出版されていく。18 世紀に生じた識字率の上昇を背景に，多くの女性たちは，それらを受容していった。無名な主婦であったシモンズの経歴や，当時の著作権の状況については未だ詳細が分かっていない。しかし，植民地時代のアメリカ人の食文化を記している同書は，その歴史的な意義が評価されている[3]。

シモンズのレシピブックから，19 世紀中頃までにアメリカで出版されたものの言説は，Elverson も"They are difficult to translate because standard forms of measurement were not adopted until the nineteenth century." (5)[4]と，単に材料を列挙し，簡略化された手順を記すだけの内容であったことを指摘する。しかし，シモンズのアップルパイの言説は，アメリカで出版され始めるレシピブックのひとつの典型となった。

> Stew and strain the apples, to every three pints, grate the peal of a fresh lemon, add cinnamon, mace, rose-water and sugar to your taste—and bake in paste No. 3. Every species of fruit such as peas, plums, rasberries, black berries may be only sweetened, without spices—and bake in paste No. 3. (Simmons, 24.)

アップルパイを作る際の手順は簡潔に記されているが，同頁に掲載された"Minced Pies. A Foot Pie"の項目の一部は，読者"you"にたいする細かな状況への対応が指示される。シモンズは，特定の個人に語りかけ，手紙を書いているかのような調子で語る。

> … Weeks after, when you have occasion to use them, carefully raise the top crust, and with a round edg'd spoon, collect the meat into a bason, which warm with additional wine and spices to the taste of your circle, while the crust is also warm'd like a hoe cake, put carefully together and serve up, by this means you can have hot pies through the winter, and enrich'd singly to your company. (Simmons, 24)

---

[2] たとえば，*The Early American Cookbook* の"Cooking in America" (3-10)の章には，イギリスから持ち込まれたアメリカにおける料理本の受容の歴史が記されている。

[3] Wilson, ix-x.

[4] 19 世紀や 20 世紀のレシピの言説と 21 世紀現在のそれとの違いについては，Lynn, 4 なども参照のこと。

アメリカで初めて公刊されたレシピブックには，調理の過程を記す実利的な情報と散文調の文体が混在している。

つぎに，ヘイルの1841年のレシピを例にあげる。彼女は，The *Godey's Magazine* (1830-98)の編集者として，アメリカの中産階級白人女性文化にたいして多大な影響力を及ぼし，数多くの実用的な家事アドヴァイスブックや小説の著者としても知られる。

> Apples of a pleasant sour, and fully ripe, make the best pies—pear, core and slice them, line a deep buttered dish with paste, lay in the apples, strewing in moist brown sugar and a little pounded lemon-peel or cinnamon; cover and bake about forty minutes. The oven must not be very hot. When apples are green, stew them with a very little water before making your pie. Green fruit requires a double quantity of sugar. Gooseberries and green currants are made in the same manner. (Hale, 83)

上記のレシピには，"pleasant", "fully", "the best", "very"のような，形容詞や副詞が用いられている。また，"When apples are green"という，一定の状況下や他の食材を用いた場合の対処方を記すなど，アップルパイの調理法以外の情報にも言及する。同じレシピブックに収録されている"Fruit Pies"の項目には，"It is a pity to make these ripe fruits into pies; they would be so much healthier eaten with bread than piecrust; still they are harmless compared *with meat pies, which should never be made*." (83)と，"pity"や"healthier"のような，読者に影響力のあったヘイルの主観や個人的な基準が，調理の手順に関する情報とともに記される。

チャイルドの *The American Frugal Housewife* は，1844年に出版されると，家事アドヴァイスブックとして多くの読者を獲得する。同書は，多くのレシピも収録する。著名な小説家でもあった彼女のレシピは，読者"you"に語りかける個人的な手紙のように記される。

> When you make apple pies, stew your apples very little indeed; just strike them through, to make them tender. Some people do not stew them at all, but cut them up in very thin slices, and lay them in the crust. Pies made in this way may retain more of the spirit of the apple; but I do not think the seasoning mixes in as well. Put in sugar to your taste; it is impossible to make a precise rule, because apples vary so much in acidity… (Child, 67-68)

"you"と語りかけるレシピは，"Some people"や"Pies"という主語が用いられることで，言説の対象は一般化され，視点が広がる。"the spirit of the apple"や，"apples vary so much"など，リンゴが材料として表記されるばかりではなく，著者の観察による材料の性質が述べられる。また，特定の結果に至る過程を記すことを目的とするレシピの言説においては，使用頻度が少ない助動詞"may"が用いられている。"It is impossible to make a precise rule…"という，「調理上の規則」を記しているはずのレシピの原則を自ら否定する表現もある。主語の変化による視点の移動，リンゴへの観察，レシピを記載しながらそれ自体を否定するような記述など，チャイルドの言説は，一般的なレシピにはみられない特徴がある。それは，筆者の食に関する率直な意見を映し，主婦たちの共感に寄り添うものでもある。

同時代の女子教育を牽引していったビーチャーは，代表作となる *The American Woman's Home* (1869)を出版する以前に，多くのレシピを公表していた。家庭の主婦が適切な料理を提供することが，健康な国民と健全な国家を創造していくという信念をもったビーチャーは，同時代の家事改革を先導していった。彼女のアップルパイのレシピには，作り方と，より良いパイとなるための助言が記されている。アップルパイのようなアメリカの家庭に馴染みのある料理に関する単なる調理法だけではなく，同書の流行の一因には，著名なビーチャーの指導による，特別な助言を求める読者の存在がある。

> Pare your apples, and cut them from the core. Line your dishes with paste, and put in the apple; cover and bake until the fruit is tender. Then take them from the oven, remove the upper crust, and put in sugar and nutmeg, cinnamon or rose water to your taste; a bit of sweet butter improves them. Also, to put in a little orange peel before they are baked, makes a pleasant variety. Common apples pies are very good to stew, sweeten, and flavor the apple before they are put into the oven. Many prefer the seasoning baked in. All apple pies are much nicer if the apple is grated and then seasoned. (Beecher, 107)

一般的に，レシピを公表する背景には，"secret"である秘伝を共有するという目的があることも指摘される[5]。ビーチャーの言説には，秘密を享受することにより，同時代の女性読者の連帯感を強める効果も生じさせていた可能性がある。

最後に，1867 年に発表されたヒル夫人のレシピブックの言説を取りあげる。同書には 1158 の料理の記載が収録されており，当時のアメリカの食文化の多様性や，原材料の獲得が安定したものとなっていたことを表す。レシピは，食材料の日常的な供給を前提としており，それを継続的に調理する工夫から生まれたものでもある。著者名に付けられた"Mrs"は，彼女がシモンズと同様に無名の女性であったことを示す。しかし，シモンズの著書の発表から多くのレシピブックの出版を経ると，1867 年のヒル夫人のレシピの言説は，実用性を強めていることが分かる。シモンズが記した調理の手順に"your"という代名詞や"fresh"という形容詞が用いられていたのとは異なり，ヒル夫人は，必要最低限の手順を記す。

> Line a deep plate with good crust, first greasing the plate slightly. Cut in thin slices ripe, juicy apples; fill the plate, putting in alternately apples, sugar, and spice …; grate over half a nutmeg, the same of cinnamon, the same of coriander seed (if they are liked), half a tumbler of water; put over the upper crust. Bake three-quarters of an hour. (Hill, 251)

アメリカ最初のシモンズのレシピブックの言説の形態は，実利的な情報と手紙のような散文の文体が混在しているものであった。しかし，その不整合性は，同様に，特別な書く技術を習得していない無名であった主婦たちの書きたいこと，或いは，書けることを代弁するものでもあり，日常的な書き物の新たな様相を示すこととなった。レシピという言説が，彼女たちを公的な場に導く可能性を示すこととなったのである。多くの無名の書き手たちは，日常生活に密着していた書き物を，読者として受容していた著者によるレシピブックの言説と重ねながら，新たに生じた，書く行為の意義に向き合っていった。

一般的に，料理のレシピは，日常生活を継続させる点で役に立つ個人的な覚書であり，世代を越えて家族の中で継承されることはあるものの，出版を目的に書かれるものではな

---

[5] Lynn は，私的なレシピの"the secret of secrets"を伝える目的を指摘する (4)。

い。友人などと交換することはあっても，流布する領域は狭く，私的な書き物の性質が強い。しかし，19 世紀のアメリカでは，女性たちが日常的に書き続けてきたレシピが，無名の主婦たちを公的な世界へとつなげる手段となった。彼女たちが発表していったレシピは，旧大陸から新大陸へ渡り，また，母親から娘へと世代を越え，著名な執筆家と無名な主婦をつなげ，女性たちの文化を構築していく。

[3] *The Ladies' Home Journal*（1883-2014）における無名の書き手によるレシピ

1883 年 12 月に Louisa Knapp の編集の下に創刊された *The Ladies' Home Journal* は，創刊から 6 年間で，100 万人を越える定期購読者数を抱える大衆女性雑誌へと成長を遂げる。同時代の白人中産階級の女性読者たちにたいする同誌の影響力は絶大なものとなり，19 世紀末のアメリカにおける女性文化を牽引していった。南北戦争後に熾烈な読者獲得競争を展開していた大衆女性雑誌は，多様な手法で，読者獲得に向けた努力を強いられる。*LHJ* は，創刊当初から，読者に“Sister”と呼びかけ，懸賞を設けたクイズや投稿を勧め，連載小説によって次号への関心を維持させるなど，さまざまな仕掛けを設けて誌面作りに読者を巻き込んでいった。

LHJ は，創刊号から“Home Cooking: Original Recipes Contributed by Lady readers of the Ladies' Home Journal”という料理に特化したコラムを設け，複数のレシピを掲載する。同コラムは，1884 年 2 月号には“Practical Housekeeper”という名に変更され，家事全般に関するものへと変わる。編集者と読者が交流する機会が設けられた同頁は，同誌と読者の関係を強め，それを維持するための場の役を果たしていた。1884 年 2 月号には，同頁に“Will each of our readers please send the editress at least two favorite recipies for this department? Any questions, suggestions or information of interest to these columns will be thankfully received.”と，編集長であるナップ自身による読者への協力要請が記されている。*LHJ* の読者たちは，クイズに回答したり，編集部に手紙を書いて返答の掲載を待つことで，同誌の誌面作りに関わっていたが，習慣として書き残しているレシピを投稿する機会を与えられたことで，その傾向を強めていった。

1884 年 1 月号の“Home Cooking”に掲載された 2 つのレシピと，1885 年 3 月号および 7 月号のレシピは，無名の女性たちのレシピ執筆との関係性を示す 3 つの特徴を示す。第一に，日常的に用いている自分自身の言語を用いて，調理の手順を記す Faith Forest のレシピを例にあげる。

> Christmas Cake—Ed. *LHJ*—
> Mother used to bake a Christmas cake in the shape of a basket, which pleased us very much. Perhaps some of your readers may like to make one also, so I will tell how it was done. Any kind of cake will answer. Ours was baked in a five quart pan which was flaring in shape. After the cake was poured in the pat was buttered on the outside and sent in the middle of the cake, and a large potato washed clean, placed in the bowl to weigh it down. When done, the bowl was carefully removed and the cake frosted inside and out. … Faith Forest （1884 年 1 月号）

Faith Forestという無名の主婦は，クリスマスケーキを個人的な回想で書き始める。彼女は，一方的に作り方だけを提示するのではなく，“I will tell how it was done”と，読み手に配慮した調子で語り出す。手順だけを記すのではなく，詳細な説明は，自らの言葉で伝えようとする誠実な姿勢を映す。友人や家族を対象に伝えるのではなく，私的な料理のレシピを他者に公表するときの控え目な口調は，最後に名前を付すことで，書く行為や内容にたいする自信の表明へと変わる。

第二に，同号には，氏名が付されていない書き手によるクリスマスプディングのレシピが掲載されている。著者は，“One cup of chopped suet or butter, one cup to milk, one cup or molasses, … Steam three hours and a half, and then serve with hot or cold source as preferred.”と，具体的な分量や時間を示し，作り方を記す。機械的に手順のみを記すレシピではあるが，専門家による洗練された言説ではなく，日常的に書きとめていた覚書を，編集長の要請によって投稿したことを想像させる，素朴な文体が用いられている。必要最低限の情報を伝える言説は，書く技術が未熟である読者の投稿を促す契機となったと思われる。

第三には，レシピを投稿することが，見知らぬ他者とのつながりをもたらす例を示す。読者は編集部と交流するだけでなく，同誌を経由することで，全米の読者たちとの連携を深めていった。たとえば，1885年3月号のレシピには，“I saw the November No. a request for Pop-Corn Candy. This is my way of making it.”（1885年3月号）とある。また，“Having noticed Mrs. R.W.M’s request for oyster patties. I will send ours, which I am sure she will like, as the patties how always given great satisfaction.”（1885年7月号）のように，読者間の投稿に応える多くのレシピが掲載される。*LHJ* は読者たちを結ぶ。そして，レシピは女性たちをつなげる媒体となっていた。家庭を中心に生活を送る読者たちは，レシピを投稿することにより，社会や他者との関係性を樹立していった。

日常的に用いる言説で無名の女性たちに書く習慣を育成し，公的な領域へとつなげていった *LHJ* の料理に関わる言説は，1886年頃から変化をみせ始める。同誌は，プロの料理家によるより洗練された言説を掲載するようになっていく。1886年11月号の同誌は，レシピの投稿掲載が近年流行を極めていること，そして，他の雑誌においても同様の傾向があることを述べる。そして，料理の知識を持ち，技術を高めた読者たちの要望に応えるような記事を採り入れるようになる。1886年にはクリスマスのコース料理のメニューとレシピ，1887年1月号からは，Cristine Terbune Herrickによる月曜日から土曜日までの日ごとに異なるメニューの提案やコース料理のメニューとレシピを掲載する。無名の書き手たちが日常的に使用していたレシピの言説は，料理の専門家によるものへと，徐々に移行していった。無名の女性読者たちの日常の言葉は，19世紀末に家政学が確立していく時代を背景に，より科学的な専門知識をもった料理家の言説へと変わっていく。

1886年にBoston Cooking Schoolによるレシピブックが出版される。科学的な見地を一般の家庭に普及させることとなった同校のレシピを，*LHJ* も1899年6月号にイラスト付きで掲載する。創刊号から料理のコラムを設けていた同誌は，言説のみを掲載してきた。しかし，料理の手順を複数枚のイラストで紹介する頁は，同誌の読者とレシピの関係を大きく転換することになる。19世紀末の英語を理解できない移民の増加を背景に，レシピの視覚への効果が期待されるようになる。女性たちが日常使用言語で語ってきたレシピは，視覚的な欲望を満たす，非日常性が強められたものへと性質を変容させていく。1890年1月号でも，同誌は読者のレシピ投稿の呼び掛けを行う。しかし，その内容は当初のものとは異なり，独創性をもつ，高度なものの投稿を要求するようになっている。

> The editor particularly requests the Journal sisters having anything specially choice in cookery, new in dainties or desserts, or what is unique and original in other lines of domestic economy, to forward them to be shared with our large family of practical housekeepers. We mean to have the best obtainable matter, and are willing to pay good prices for the best that is to be bad.

長い間，料理のレシピを記録することは，女性たちにとって書く習慣を定着させる行為であった。レシピは，特別な専門知識や言語を用いることなく，私的な領域を拡大させることを可能とした。しかし，専門家たちの言説の出現により，公刊物に掲載されるレシピは，自らの経験と離れた「夢」や「理想」を示すものとなっていった。秘伝を開示し，他者に伝えることで共有しようとしてきた無名の書き手による能動的なレシピ投稿は，指導を受け，模倣をするという行為へと変わっていく。専門家によるレシピの登場は，日常の食と，非日常的な特別なものとの境界線を引くものでもある。19 世紀のアメリカにおいて，女性たちを結びつけていたレシピは，専門家と一般の女性たちを二分させていく。

[4] おわりに

19 世紀アメリカでは，無名の女性たちが，1850 年代に隆盛を極める感傷小説を執筆していく。彼女たちの作品とそれを受容していく女性読者たちとの関係には，同時期にレシピブックを出版した書き手たちと，それを支えた読者たちの関係が共存していた。小説とレシピの言説はモダニズムの基準においては異なるものとされるが，チャイルドやビーチャーらの多くの女性作家たちは，小説を執筆しながら，レシピも収録した家事アドヴァイスブックを残している。19 世紀のアメリカ社会では，小説やレシピを書くこと，読むこと，発表することという，書き物をめぐる文化的な背景は，小説とレシピの言説の差異を越え，相互の書き手と読者を共有しながら，女性たちにとって不可欠な読み書きの習慣を構築していった。そして，書き物の文化に，彼女たちを巻き込んでいくこととなった。

無名の女性がレシピブックを出版していく一方で，100 万部以上の購読者数を持つ *LHJ* のような大衆女性雑誌も，読者によるレシピを掲載した。小説やレシピブックという形態でなくとも，女性たちは日常的に書く習慣があったレシピを投稿することで，公的な場とつながり，他者と交流し，連帯感を強めていった。自らの言葉で分かりやすく伝えようとする姿勢は，他者への共感力を養うことにもなった。自分自身の言葉で日常生活の一端を記した数多くのレシピは，同時代のアメリカ女性たちの生活の記録を映し出すものである。

レシピの言説の背景には，植民地時代のアメリカで安定した供給が得られるようになった食材の利用の仕方，食生活を継続させるための工夫，オーヴンやレンジなどの調理機材の変遷などの，日常生活を舞台とした歴史や文化が語られている。それは，母から娘へと引き継がれてきた生活の知恵を映し出す。レシピを書く行為は，アメリカの食文化の定着過程に女性たちを関わらせることで，彼女たちの国民意識を高めることにもなった。

家事アドヴァイスブックやレシピブックを出版したヘイル，チャイルド，ビーチャーは，愛国心から家庭という場を改善しようと努めた。彼女たちのレシピブックを参照しながら，同時代の多くの女性たちは統一された料理を作っていく。また，19 世紀中ごろから世紀末に，愛国心を高揚させる大義を掲げて出版されていた *LHJ* の誌面作りに加わることで，無名の女性読者たちは，国民を食によって健康にしようとする同誌の大義を遂行していくこととなった。同誌をとおして構築された女性たちの連帯感は，国家をまとめる大きな勢力を生じさせた。19 世紀の多くの無名の女性たちによるレシピの言説は，良い国家を構築していこうとする大義の遂行を担うものでもあった。

＊本論は，平成 25 年度科学研究費補助金基盤（C）「『レディーズ・ホーム・ジャーナル』の小説作品における政治力」(課題番号25370262)の支援を受けて行っている研究成果の一部である。

おもな参考文献

Beecher, Catharine E. *Miss Beecher's Domestic Receipt-Book.* Dover Pub.: NY, 2001. Originally published, 1858.

Child, Lydia Maria. *The American Frugal Housewife.* Dover Pub.: NY, 1999. Originally Published, 1844.

Elverson, Virginia T, and Mary Ann McLanahan. *A Cooking Legacy.* Walker and Company: NY, 1975.

Hale, Sarah Josepha. *Early American Cookery.* Dover Pub.: NY, 1996. Originally published, 1841.

Hill, Mrs. A.P. *Mrs. Hill's New Cook Book.* Applewood Books: MA. Originally published, 1867.

Ladies' Home Journal. Curtis Pub. Company. Philadelphia.

Leavitt, Sarah A. *From Catharine Beecher to Martha Stewart: A Cultural History of Domestic Advice.* U of North Carolina P: Chapel Hill, 2002.

Lynn, Dristie and Robert W. Pelton. *The Early American Cookbook.* William H. McCauley, Georgetown, 2005.

Simmons, Amelia. *The First American Cookbook.* Dover Pub.: NY, 1984. Originally published, 1776.

Wilson, Mary Tolford. "The First American Cookbook." Introduction to *The First American Cookbook*, viii-xxiv.

模倣から創作へ

フランス 17 世紀の修辞学教師リシュスルスによる剽窃の方法

千川 哲生

序 17 世紀フランスにおける模倣の原理

創作の営みの第一歩が模倣であることは，時代も洋の東西も問わない普遍的な現象といえるだろうが，この点に関してフランス 17 世紀の古典主義は注目に値する事例を提供してくれる。ギリシア・ローマの古典に取材し，その数々の優れた表現をフランス語に移植しようと試みた作家たちは，「模倣することによって，古代作家を凌駕[1]」して，自身は「真似されない[2]」高みに上ることを目指した。ところがこの時代には，模倣が創作理念として掲げられながらも，むしろまさしくそれゆえに，剽窃は厳しい批判にさらされていた[3]。模倣を称賛しながらも剽窃を戒めるという矛盾を抱えたこの時代に，無名の人間はどのように創作への道を切り開こうとしていたのだろうか。

この問いを考えるために本論では，こんにち読まれることのほとんどないレトリックの教育者にして理論家，ジャン・ウーダール Jean Oudart，筆名ジャン・ド・スーディエ，リシュスルス Jean de Soudier, sieur de Richesource（1616-94）という人物を取り上げる[4]。ルーダンのプロテスタントの家庭に生まれたリシュスルスは，1650 年代末からパリの自邸で「雄弁家のアカデミー」なる私塾を開き，中等教育を終えた若者や学校に通う機会に恵まれなかった人々に，哲学，文芸批評そしてフランス語によるレトリックを教授し，その経験をもとに，文章作法やレトリック指南書を自費出版した。1667 年に出版されたその名も『雄弁家の仮面，または言説を偽装する技法』は，12 折版で全 64 ページの小品ながら，剽窃を体系的に論じた当時でも珍しいテクストである[5]。ここでリシュスルスは雄弁家の行う作

---

[1] Guillaume Colletet, *Le Discours de l'éloquence, et de l'imitation des Anciens*, Paris, Antoine de Sommaville, 1658, p. 3.

[2] 社交界の詩人ヴォワチュールに対するイエズス会士の文筆家ブーウールの評価。Dominique Bouhours, *Les Entretiens d'Ariste et d'Eugène*, éd. Bernard Beugnot et Gilles Declercq, Paris, Honoré Champion, 2003, p. 246.

[3] 前述のブーウールは，「美文学の世界には，剽窃する人間が多い」と対話者のひとりに慨嘆させている（*ibid.*, p. 245）。ヴォワチュールは古典の美を自家薬籠中のものとしたからこそ「真似されない」高みに達することができたとされる。

[4] リシュスルスに関する包括的研究としては，現在でも次の論考が基本文献である。Charles Revillout, *Un maître de conférences au milieu du XVIIe siècle, Jean de Soudier de Richesource*, Montpellier, Imprimeurs de l'Académie des sciences et lettres, 1881.

[5] われわれの知る限り，リシュスルスのテクストが批評校訂版の対象となったことはない。唯一の例外がこの『雄弁家の仮面』であり，以下，このテクストを引用する場合はこの版を用いる。Richesource, *Le Masque des orateurs, c'est à dire la manière de déguiser facilement toute sorte de discours,* éd. Michel Charles, *Poétique*, n° 173, 2013, p. 125-151.

業として，創作と批評に加えて「剽窃[6]」を提示する。

> 雄弁家の剽窃とは，剽窃を行う雄弁家が，あらゆる種類の言説を，自分のであれだれかほかの作者のであれ，楽しみのためであれ有用さのためであれ，変化させたり偽装したりするために，巧みに，上手に用いる技法，手法である［…］作者本人にとってさえも，自分の作品のなかに，自分を，自分の調子も，才能も，文体も，痕跡も，つまりなんであれ認めることができなくなるまでに[7]。

この方法の実例として，明快な散文の使い手として当時高い評価を受けていたゲ・ド・バルザックの書簡と，それをリシュスルスが書き換えた書簡が並べて挙げられている。

これは独創性の観点から作家を評価する現代の通念にしたがえば，到底容認できない主張である[8]。しかしかれの厚顔無恥な主張は，例とされたゲ・ド・バルザック本人も原理的には容認せざるを得なかっただろう。なぜなら，かれ自身かつて，他人のテクストを剽窃したという批判を浴びたことがあり，フランソワ・オジエを後押しして『バルザック氏の弁護』を執筆してもらい，そのなかで，作者自身にさえ見分けがつかないほど偽装してしまえばかまわないという同じ論拠が用いられているからだ[9]。重要なことは，古典主義が模倣の原理を掲げる以上，モラル的観点を別とすれば，剽窃の正当化を退ける術を持っていなかった点にある。

それでは，剽窃とはどのような方法であり，模倣といかなる点で異なるのか。剽窃から創作への道は開かれるのか。これらの問いに答えることで，創作のあり方を捉え直すきっかけをつかむことが，以下の課題となる。

1　テクストの偽装

私立アカデミーを主宰してレトリックを教えていたリシュスルスは，課題を与えて生徒に作成させた弁論をまとめて公刊していた。匿名で自作を公表することで，批評してもらったり褒めてもらったりできるというメリットを強調している[10]。教育者としてリシュスルスは書き手の才能を問題にしない。創作は技法の適用によって可能となるのか，才能（霊感）によって決定されるのかという古代から存在する問いに対し，古典主義は技法を重視

---

6 「剽窃」と訳した原語はリシュスルスの造語 plagianisme であり，これは当時のどの辞書にも載っていない。

7 *Le Masque des orateurs, op. cit.*, p. 133.

8 リシュスルスに関する同時代の言及は数少なく，評価も高くない。たとえばボワローはかれを嘲笑していたことが知られている（Nicolas Boileau, *Œuvres complètes*, éd. Françoise Escal, Paris, Gallimard, 1966, p. 528）。

9 「私の考えでは，古代作家の着想を借用することは許される。あまりにも巧みなので，現行犯で取りおさえられることがまったくないほどであれば。すなわち，偽装することによって，事物の面があまりにも変わってしまい，たとえ作家本人がこんにちよみがえったとしても，それが自分のものだとは認められなくなるならば」（François Ogier, *Apologie pour Monsieur de Balzac*, Paris, Claude Morlot, 1627, p. 16-17）。ただしここでは，古典からの借用が問題となっているという点に留意する必要がある。

10 Richesource, *La Première partie des Conférences académiques et oratoires*, Paris, à l'Académie, 1663, sans pagination.

するが，才能を否定するわけではない。ところが私塾の教師として，だれでも書いて話せるようにすることを目的としているリシュスルスは，才能を重視しない。わずかな才能しかなくても「少しでも自然の助けがあれば，福音を述べる職業において成功できない者はほとんどいない[11]」。才能の不足は努力と方法で補えるというのがかれの信念である。

実はリシュスルスが唱えた「剽窃の理論」は，他者のテクストを自分の名で公表する盗作行為というよりもむしろ，無名の若者が創作を始める前に行う，既存のテクストを書き換える作文練習を指している。この剽窃の三つの具体的手順として，リシュスルスは「配置，増幅または減少」を挙げる[12]。「配置」は構成に関係し，もともとのテクストの各箇所の配列を入れ替えて全体の様相を一変させる作業を指す。『仮面』という題名が示唆しているように，完璧な偽装によって「同じ思想が［…］たちまち変わることによって，実際に別のものとなってしまったように見える[13]」。残りふたつの「増幅」と「減少」は，伝統的なレトリックの区分にしたがえば「発想」に分類される作業であり，主題に関連する効果的な説得手段としての論拠（付帯性，類，特性など）を付与したり削ったりすることを意味する。増幅は，「怠慢にも，軽視して，うっかりして，あるいは力不足のために，そうすべきだったのに，あるいは少なくともそれができたのに，作者が拡大しなかった思考を拡大する[14]」こと，減少は逆に冗長な箇所を削ることである。つまり，テクストの主題と関連するさまざまな思考を付与し，また削除することで，作者になりかわって主題をより優れたかたちで提示することである。

この『雄弁家の仮面』の最後には，ゲ・ド・バルザックの書簡とリシュスルスによる書き換えの実例が載せられているが，残念なことに，この例は剽窃の方法の可能性を十分に実現していない。なぜなら，手紙の持参人の紹介，裁判での弁護を引き受けてほしいという要件の提示，受取人の能力の賛辞という書簡の構成をそのまま踏襲し，語と統辞，つまり表現のレベルで書き換えているにすぎないからだ。これは，古代から存在し，ルネサンスから 17 世紀初頭にかけて盛んに行われ，当時の中等教育でも実践されていた，手本のテクストを書き替えるパラフレーズと原理的に同じであり[15]，古典主義作家が実践したような，さまざまなテクストからの断片的な引用を組み立てながら自分のテクストを作りあげる模倣ではない。なぜ，剽窃の実践はパラフレーズにとどまっているのか。この問いに答えるために，リシュスルスの考えを明らかにしていきたい。

---

[11] Richesource, *L'Eloquence de la chaire ou la rhétorique des prédicateurs, seconde édition*, Paris, à l'Académie des orateurs, p. 5-6.

[12] *Le Masque des orateurs, op. cit.*, p. 134.

[13] *Ibid.*, p. 135.

[14] *Ibid.*, p. 137.

[15] フュルチエールの辞書におけるパラフレーズ paraphrase の定義は，「作者が同一主題について，述べたり考えたりできただろうことを補える，より明快でより豊富な表現でもって，あるテクストを説明すること」。古代からある作文の予備練習（プロギュムナスマタ）において，たとえば逸話引用 chrie や格言 maxime には，元となる短いテクストのパラフレーズという作業が含まれている。この点については次の文献を参照。Bertrand Daunay, *Eloge de la paraphrase*, Saint-Denis, Presses universitaires de Vincennes, p. 69.

2 作者の「意図」とは

リシュスルスは「全体の配置は，作品全体の意図，秩序もしくはプランにほかならず，個々の配置を含む」と述べているが[16]，テクストの構成を下支えし，統一性を付与する「意図 dessein」というこの考えは，古典主義時代に広く共有されていた[17]。この意図がテクストの統一原理として全体にわたって反映されているかどうかが，作者ひいてはテクストの卓越性の指標となる。

ただし，古典主義においては作者の意図が独創性の根拠ともなりうると考えられていたのに対し[18]，リシュスルスは意図を個々のテクストと不可分のものとはみなさない。かれにとって，意図はいわば再利用が可能な設計図であり，作者はそれを規則に応じてテクストとして作り出す職人であり，テクストの価値は作者の意図の反映の仕方から生じる。この点を理解してはじめて，なぜリシュスルスがゲ・ド・バルザックの書簡をパラフレーズするにとどめたのかという，われわれが先に提示した疑問に答えることができるだろう。それはかれが剽窃の方法で構成の書き換えを唱えながらも，作者の意図と構成を不可分のものと考えていたからだ。テクストの解体と再構成による剽窃の理論が秘めていた可能性は，古典主義的な「意図」という観念によって阻害され，実現するに至らなかったといわざるをえない[19]。

しかし，リシュスルスの興味深い点は，剽窃の方法そのものよりも，それが前提としているテクスト観にこそある。本論のはじめに引用したように，リシュスルスが，元の作者でさえ自分の痕跡を見出せなくなるまでにテクストを偽装すると述べるとき，かれは他者のテクストを自分の名前で発表することを推奨しているというよりもむしろ，テクストが剽窃可能だという事実確認を行っているにすぎない。われわれの知る限り，既存のテクストを書き換えたものをリシュスルスが自分の名で公刊した形跡はない。剽窃を悪だとみなす近代的な態度の前提にあるのは，個々のテクストの独創性はほかの何にも代えがたい価値であるという認識である。ところがリシュスルスにとって，およそテクストはすべて，傑作とされるものであれ，無名の書き手のものであれ，はたまた自分の書いたものでさえ，唯一の模倣されえないモデルという特権的地位を剥奪されている。書き手の意図はテクストの設計図として再利用できる共有財産であり，表現は置き換え可能な装いでしかない。

---

16 Richesource, *L'Eloquence de la chaire*, *op. cit.*, p. 207.

17 同時代の文芸批評家ルネ・ラパンは，「意図」について，「ひとつの同じ精神がいたるところで支配し，すべてが同じ目的に向かい，それぞれの部分が互いにひそかなつながりを持たねばならず，すべてがこのつながり，この結びつきに従い，この全体的な意図は，詩人が作品に与える形式にほかならない」と述べている（René Rapin, *Les Réflexions sur la poétique et sur les ouvrages des poètes anciens et modernes (1684)*, éd. Pascale Thouvenin, Paris, Honoré Champion, 2011, p. 394）。また，演劇理論家のドービニャック師は，ホメロスが単独で『イリアス』を書いたことを否定する際に，この叙事詩が統一したまとまりを欠いているという見解を根拠としている（Abbé d'Aubignac, *Conjectures académiques, ou dissertation sur l'Iliade*, éd. Gérard Lambin, Paris, Honoré Champion, 2010 を参照）。作品の価値は構成の統一にあり，それを可能にするのは作者の意図であるという考え方は，ボワローのようにドービニャック師の説を批判する側にも共有されている。

18 古典から借用した要素をどのように配置するかという点が古典主義作家にとって問題となる。この点については次の文献を参照。Alain Génetiot, *Le Classicisme,* Paris, PUF, 2005, p. 239.

19 この点で，全体の配置を変えることで新たな言説を作り出す可能性を意識していたパスカル（『パンセ』ブランシュヴィック版 22，セリエ版 575）とは違い，リシュスルスの思考の限界を認めざるをえない。

そのため，現存するテクストは，ただ時間的に先行しているにすぎず，書き換えたテクストの方が元来の意図をより適切に伝え，いっそう明確で美しいテクスト，リシュスルスの表現を借りれば，「第二の傑作[20]」となる可能性が潜在的にあるのだ。

さらに，リシュスルスが剽窃に伴うモラル的問題を懸念しなかった理由も推測できる。たとえ傑作であっても何らかの瑕疵を免れてはいない以上，読者の書き直しの作業の出番がありうる。また，無名の書き手のものであれば，より多くの個所を手直しできる。したがって書き直しの必要性の点からすれば，作者の有名と無名のちがいは大して問題にはならない。現存するいずれのテクストも理想のものではなく，それらを書き換えることで，理想により近いテクストが誕生しうるとすれば，剽窃にどうしてためらいを覚える必要があるだろうか。リシュスルスによれば，剽窃はよりすぐれたテクストを社会に提供する有益な営みなのだから。

3　創作過程の追体験と理想のテクストの探求

リシュスルスは，剽窃の理論に加えてテクストの「批評的読解」を挙げ，経験の不十分な書き手が創作という大海へと漕ぎ出す前に，これの訓練を積むことを推奨する。『雄弁家の方法』(1668) と題されたかれのレトリック論において，創作の準備段階としての読書方法が提唱されている。これは，テクストの任意の一節が，政治学や倫理学など，いかなる学問に基づく思考なのか，また，そこでどのようなレトリックの技法が用いられているのかをそれぞれ抜き出して分類し，自分のノートにまとめることで，創作する際の材料にするというものだ。すなわち，読んでいる断片をそれが本来属していたシステムへ戻してやることだという[21]。

この批評的読解そのものは，たとえば当時中等教育（修辞学クラス）でも行われていた方法と原理的に変わらず，斬新なアイデアではない。しかし，この方法が前提としているリシュスルスの創作観は，極端な古典主義的態度の表明である。リシュスルスによれば，優れた作家はかならず規則に従って創作する。「雄弁の傑作は時間をかけて，コンパスや水準器を用いて，ということは絵画や音楽の傑作と同じように，熱心に，正確に，技をもって作られねばならない[22]」。散文であれ韻文であれ，作品は厳密な機構にたとえられ，創作は部品を組み立てることであり，読者は逆の手順をたどってテクストを時計技師のように分解できるという[23]。このようにリシュスルスは創作過程から，作家の独創性や規則に還元できない神秘的な要素を奪ってしまう。

この読解を基盤として，リシュスルスは既存のテクストの書き直しという作業を提唱する。1680 年に発表された『作者のひやかし，すなわち，書斎の人間の楽しみ』という挑発

[20] *Le Masque des orateurs*, *op. cit.*, p. 147.

[21] Richesource, *La Méthode des orateurs, ou l'art de lire les autheurs, de les examiner, de dresser le plan d'un Discours, et de faire des Remarques et des Collections, qu'on appelle Lieux-communs*, Paris, à l'Académie des orateurs, 1668, préface, sans pagination.

[22] Richesource, *Le Camouflet de nos grans auteurs negligens en faveur des jeunes auteurs de l'Académie des Philosophes Orateurs*, Paris, à l'Académie des Philosophes Orateurs, 1680, préface, sans pagination.

[23] Richesource, *Le Camouflet des auteurs, c'est a dire, les plaisirs des personnes de cabinet*, Paris, 1680, p. 5.

的なタイトルの書において，リシュスルスは大胆にも「美しい雄弁の作品を，韻文であれ散文であれ，合理的に訂正する批評[24]」を打ち出す。これは，テクストを作者が参照した文法，論理学，詩学，レトリックなど諸学問の方法に「還元」することであり，「創作の際の熱狂の中でのあらゆる動き，歩みを理解すること[25]」である。いわば擬似的な「生成学」を通して，創作過程を追体験する過程で，作者が合理的に，規則に従って創作していない箇所，つまり構成や思想の欠陥を発見し，訂正することが，テクストの書き換え作業である。

先に述べたとおり，およそ才能に対して高い評価を与えないリシュスルスは，作者に対して「才能や偶然，模倣，あるいは運に頼る作者[26]」，「自分が企てていることも，どんなふうに取り組むべきかも分かっていない［…］われわれの大半の著名な作者たち[27]」と批判的に述べて，作者が自分のテクストの支配者では必ずしもないことを強調する。ロマン主義が詩人の特性として称揚することになる才能や霊感は，リシュスルスの考えでは規則に還元できない欠陥を生み出す。そのため，いかなる大家のテクストであろうとも，必ず書き直せる箇所があるし，むしろ書き直されなければならない。さらに，リシュスルスによれば，二流の，無名の作者であればあるほど，規則を無視して勘に頼って行き当たりばったりで執筆しているゆえに，書き直しの格好の練習材料となる。事実リシュスルスは，ある無名の書き手の戦争報告書「フライブルクの街と城塞の包囲と占拠についての報告」という，四つ折版でわずか 8 ページしかないテクストの全文を，およそ 300 ページにわたる注釈をつけて書き改めながら，書き手のことを知らないとわざわざ断ってさえいる[28]。

4　無名の作者のテクストの書き直し

このようにリシュスルスが剽窃であれ，批評的読解であれ，無名の書き手のテクストを対象とすることに創作練習の意義を見出したことは興味深い。ただし，だからといってかれの独創性を結論づけるのはまだ早すぎる。18 世紀後半に「文学 littérature」が作家の独創的な発想力を前提とし，神秘性を含意する概念として成立したとされているが，テクストは規則に従って構築されているために分解も書き換えも可能だとして，それぞれのテクスト固有の価値を見出さないリシュスルスの極端な態度は，この近代的な文学の概念から遠く隔たっているように思われる。リシュスルスの唱えた剽窃の方法と批評的読解は，どのように独創性を必要とする創作の営為へとつながるのだろうか。

リシュスルスは『雄弁家の仮面』の解説を次のように終えている。

> 偽装を容易にするためにもっともよい規則は，あたかもあなたが作者の思考を解釈する役割を果たさねばならないかのように，作者の表現が，言い回しや文彩の点で別のやりかたで表さ

---

[24] *Ibid.*, p. 3.

[25] *Ibid.*, p. 5.

[26] *Le Camouflet de nos grans auteurs negligens, op. cit.,* préface, sans pagination.

[27] *Ibid.*

[28] Richesource, *La Relation du siège et de la prise de la ville et de la citadelle de Fribourg, mise en partition*, in *Le Camouflet des auteurs, op. cit.*, p. 5.

れるのでなければ理解できないものであると想定することである[29]。

『仮面』という題名が示すように，偽装すること，見せかけをすっかり変えてしまうことを本書の命題としながら，リシュスルスは矛盾したことに，作者の意図が明確に反映される表現を選ぶという古典主義的な理念を表明している。テクストの優劣が作者の意図を正しく反映しているかどうかによって判定されるとすれば，当然，剽窃は文章表現，レトリックの用語でいえば「措辞」のレベルで行われる。言い換えれば，表現は作者の意図を適切に表明する手段にも，逆に意図を覆い隠す手段にもなりうる。したがって，テクストの受容において最も力を行使するのは，措辞なのだ。

実はこのリシュスルスの主張は，当時，文章技法としてのレトリックの役割に生じつつあった変化を反映している。高い教育を受けた法曹，聖職者が特権的に保持する学識としてではなく，社交界，宮廷社会で生きるオネットムが身につけておく教養としてレトリックが求められる傾向が 17 世紀を通して強まっていく。専業作家になることを必ずしも目指さない無名の人間にとっては，先人の作を流用してでも即興で詩を口にし，自説を弁じ，書簡をしたためさえできればよく，独創性を誇る必要はない。こうして「発想」や「構成」よりも，「措辞」において新たな書き方を目指すべきだという意識が浸透し始める[30]。フランス 17 世紀後半は，ルネ・ラパンをはじめ，作家の個性としての文体に注目する者が現れ始める時代である。ブーウールによれば，発想のレベルで新しい思想を生み出すのは難しいが，「発想が完全に新しくなくても，少なくともそれを表現する仕方が新しいだけで十分だ[31]」。これはラ・ブリュイエールら当時の作家に共通する願いでもある。またベルナール・ラミは，書いたり話したりする人の数だけ異なる文体があることを指摘している[32]。文体は個人の情念や想像力，気質，記憶力さらには時代や国民性に左右される変数である。

リシュスルスもまた個々の文体の存在を認めているが，しかし，肯定的な評価を与えているわけではない。「各人には自分の好みがあり，各々の作者は自分のやり方で書くが，ただしそのやり方が最良だとは言わない[33]」。かれ自身，ゲ・ド・バルザックの書簡や無名作者の「フライブルクの街と城塞の包囲と占拠についての報告」のほか，マレルブの詩，サッルスティウス『ユグルタ戦記』の抜粋などのパラフレーズを試みているが，自分のテクストを理想のものとして提示しているわけではない。修正したテクストがオリジナルより劣っている可能性を率直に認め，その場合は，原テクストへ立ち戻って修正テクストを書き改めることを読者に求めてさえいるからだ[34]。

文体が書き換え可能ならば，いかなるテクストも理想的な唯一無二のモデルではなく，常に別の書き手によって偽装され，書き改められる状態に置かれている。リシュスルスの

---

[29] *Le Masque des orateurs, op. cit.*, p. 149.

[30] 『オネットムのレトリック』でポール・コロミエスは，注 9 で引用したフランソワ・オジエの論拠を借りて，表現を変えてばれないように剽窃することを薦めている（Paul Colomiès, *La Rhétorique de l'honnête homme*, Amsterdam, Georges Gallet, 1699, p. 140）。

[31] Dominique Bouhours, *La Maniére de bien penser dans les ouvrages d'esprit*, Paris, la Veuve de Sébastien Mabre-Cramoisy, 1687, p. 75-76.

[32] Bernard Lamy, *La Rhétorique ou l'art de penser*, éd. Christine Noille-Clauzade, Paris, Honoré Champion, 1998, p. 343.

[33] *La Relation du siège et de la prise de la ville et de la citadelle de Fribourg, mise en partition, op. cit.*, p. 103.

[34] *Le Camouflet de nos grans auteurs negligens, op. cit.,* préface, sans pagination.

剽窃の方法も批評的読解も，作者の「意図」に忠実なテクスト全体の書き換えにとどまるかぎり，模倣の一種に過ぎず，想像力を発揮した独創性を追求する創作や近代的な文学概念には直接つながらない。しかし，繰り返すが，リシュスルスの特異性は，剽窃の方法そのものにあるのではない。創作を規則による構築に還元してしまうことは極端な態度とはいえ，理性的な創作原理を唱えた古典主義を逸脱していない。さらに，一切の文学的価値を顧慮することなく，傑作であろうと無名のテクストであろうと書き換え可能だとするかれの姿勢もまた，模倣の理念に創作可能性を見出した古典主義からさほど隔たっているとはいえない。すなわち，リシュスルスは，いわば古典主義的態度を極端なかたちで体現することによって，模倣の営為と自由な創作活動とのあいだの懸隔をどう埋めるのかという古典主義が潜在的に抱えていた問いに，いずれのテクストも無限に書き換えられる可能性に開かれている点で平等であるという興味深い認識によって答えているのではないか。それはすなわち，措辞に創作の可能性を見出すことである。

結論

このように，いかなるテクストも，内容と構成にかかわらず自由な表現をまとって書き換えられるとすれば，意図（構成）を守りながら剽窃する方法を唱えたリシュスルスそのひとのまさしく意図にもかかわらず，それぞれのテクストの価値を決定づけるのは「措辞」だということになる。措辞の地位向上はおそらく，18 世紀以降，フランス語によるレトリック教育と文学創作の接点を考える上で重要な手がかりだろう。最後に，リシュスルスが方法として解説しているわけではないが，表現の書き換えが自由な創作につながることを意識していた可能性を指摘して締めくくりに代えたい。

私塾の教師として文壇から距離を置いていたリシュスルスが，17 世紀後半の文壇を騒がせる古代語とフランス語の優劣に関する「新旧論争」に加わった形跡はない[35]。先行テクストの書き換えを唱えるリシュスルスは，自由な主題や発想の価値を称揚する近代派よりも，古典の模倣を薦める古代派に近いのではないかと想像できる。ところが実際にはリシュスルスは，死語であるラテン語よりもフランス語テクストの方が書き換えの余地を残していると考えており，フランス語の優位を主張するシャルル・ペローら近代派と近い立場をとっていた。そのことは，リシュスルスが出版した詩集『100 枚のルイ金貨』（1680）というきわめて奇妙なテクストからうかがえる。「アレクサンドランで書かれた，ラテン語に対するフランス語の挑戦」という副題が付けられたこの詩集には，皇帝アウグストゥスを称えたホラティウスにならって，オランダ侵略戦争（1672-78）でのルイ 14 世のウィリアム 3 世（オランダ総督，イングランド王）に対する勝利と栄光を称える二行詩が，合計でなんと 224 も載せられている。主題こそルイ 14 世を寿ぐものだが，フランス語の韻の豊かさ，詩句の可能性をバロック的に繰り広げた遊戯的な性格が強い。同一主題を歌う二行詩のあいだには，展開がないために作者の意図と構成の密接なつながりは問題にならず，ただ，

[35] 新旧論争が始まるのは 1687 年シャルル・ペローの詩『ルイ大王の世紀』の朗読がきっかけとされるが，1670 年のデマレ・ド・サン＝ソルラン『フランス語・フランス詩とギリシア・ラテンとの比較』以降，フランス語とラテン語の優劣に関する論争（とくに碑銘の言語に関して）が続いていた。

措辞が幾重にも変奏を繰り返している。

リシュスルスは書く行為それ自体を目的とする。古代からレトリックには伝統的に「よく話し，書く技」と「説得の仕方を発見する技」という二つの定義が存在していたが，リシュスルスのレトリック観は前者に近い。説教のレトリックについて，優れた説教を作り出すことは技法で可能だとしても，聴衆の説得や回心は聴衆の意志の問題であるために，説教者の努力や巧みさの結果ではないと述べている[36]。修辞学教師としてのかれの方法は，主に無名の若者を相手にしているとはいえ，年を取り，友人を失い，職務からも解かれた孤独な状態においてこそ，よく読み，書く術が必要だという[37]。かれにとっては剽窃も批評的読解も創作も，書くことの楽しみを与えてくれる点で変わらない。読者の反応を気にかけずに，自分が読者とも書き手ともなりうる楽しみにこれらの技法の存在理由があるとしている点に，職業作家を目指すかどうかとは関係のない，創作の自由への道がひそかに開かれているように思われる。事実，『100 枚のルイ金貨』においては，審美観による選別もなく，ただひたすら書く戯れのために，同じ主題をめぐる二行詩が乱立している。224 の詩句という膨大な数は，16 世紀に版を重ねたエラスムスのレトリック論『文章用語論』(1512) 第 1 巻第 33 章にある，ひとつの文を 195 通りに言い換えた例を思わせる。この点では確かにレトリックの伝統を継承しているが，しかしこのテクストだけを独立して自費出版し，詩句をひたすら連ねる振る舞いは，措辞の書き換えによる創作可能性の探求の結果であり，これこそ，「無名の人間が何のために書くのか」という問いに対し，自費出版を生涯にわたって行い，書き換えの方法を唱え，自ら楽しみながら実践したリシュスルスの答えではないだろうか。

---

[36] *L'Eloquence de la chaire ou la rhétorique des prédicateurs, op. cit.,* p. 7.

[37] *Le Camouflet de nos grans auteurs negligens, op. cit.,* préface, sans pagination.

編者・執筆者紹介

中里 まき子　Makiko NAKAZATO
岩手大学人文社会科学部准教授。文学博士（トゥールーズ第 2 大学）。現代フランス文学が専門。著編書に『トラウマと喪を語る文学』(朝日出版社, 2014 年), 論文に « Introduction au phénomène Jeanne d'Arc au Japon », *Paon d'Héra : Gazette Interdisciplinaire Thématique Internationale*, 8, 2011 ; « *Chieko-shô* de Kôtarô Takamura : un portrait infidèle », *Modernités*, 36, 2014 等。

■□■

照井 翠　Midori TERUI
俳人。昭和 37 年岩手県花巻市生まれ。平成 2 年より加藤楸邨に師事。平成 14 年，第 20 回現代俳句新人賞受賞。平成 25 年，第 5 句集『龍宮』により第 12 回俳句四季大賞，第 68 回現代俳句協会賞特別賞受賞。俳誌「寒雷」「草笛」同人。現代俳句協会会員。日本文藝家協会会員。句集に『翡翠楼』『雪浄土』など。高校教師。釜石市在住。

エリック・ブノワ　Éric BENOIT
ボルドー・モンテーニュ大学教授。同大学にて研究センター「モデルニテ」及びTELEMの代表を務める。19・20世紀のフランス文学を専門とし，特にステファン・マラルメの詩について多数の著書及び論文を発表。著書に『ベルナノス：文学と神学』(Cerf，2013),『やさしい言葉で読む聖書』(Ellipses，2009年),『響き渡る虚無：マラルメ，あるいは逆説の横断』(Droz，2007年),『意味の危機から意味の探求へ：マラルメ・ベルナノス・ジャベス』（Cerf，2001年）等。

福島 勲　Isao FUKUSHIMA
北九州市立大学文学部准教授。専門はフランス文学，文化資源学。東京大学大学院人文社会系研究科博士課程修了。著書に『バタイユと文学空間』(水声社，2011 年)，共編著に『フランス文化読本』(丸善出版，2013 年)，共著に『トラウマと喪を語る文学』(朝日出版社，2014 年)，訳書に Takiguchi Shuzo, *Dali (Tokyo-1939)*（Édition Notari, 2011 年）等がある。

堀 久美　Kumi HORI
岩手大学男女共同参画推進室専任教員。博士 (人間科学)。専門はジェンダー論。論文に「「新しい公共」を担う女性の活動の可能性」(2011 年)，「NPO と女性センターの協働による情報機能に関する一考察」(2006 年) 等。

梁 仁實　Insil YANG

岩手大学人文社会科学部准教授。専門は社会史（文化史），日韓文化交流史。著書に資料集『日本語雑誌からみる朝鮮映画』シリーズ（1〜4，韓国現実文化研究発行，韓国映像資料院共著），論文に「帝国日本映画における朝鮮／映画へのまなざし」山泰幸・小松和彦編著『異人論とは何か　ストレンジャーの時代を生きる』（2015年，ミネルヴァ書房）など。

長谷川 晶子　Akiko HASEGAWA

京都産業大学外国語学部助教。文学博士（パリ第7大学）。専門は20世紀フランス文学，美術批批評。著作に『狂気のディスクルス』（共著，2006年），論文に「メキシコのふたつの表象——ブルトンのメキシコ論とアルバレス・ブラーボの写真」（2014年），「ブルトンとバタイユ——イメージと芸術の誕生をめぐるふたつの思考」（2014年）などがある。

秋田 淳子　Junko AKITA

岩手大学人文社会科学部国際文化課程欧米言語文化コース専任講師。専門はアメリカ小説。アメリカ女性大衆雑誌『レディーズ・ホーム・ジャーナル』に掲載された小説作品を研究している。

千川 哲生　Tetsuo CHIKAWA

立命館大学文学部准教授。文学博士（パリ第4大学）。フランス17世紀文学（演劇）が専門。著書に『論争家コルネイユ　フランス古典悲劇と演劇理論』（早稲田大学出版部，2009年）がある。

無名な書き手のエクリチュール
3.11後の視点から

© 2015年12月1日　初版第1刷発行

編　著　　岩手大学人文社会科学部
フランス文学研究室
中里まき子

発行者　　原　　雅久

発行所　　朝日出版社
〒101-0065　東京都千代田区西神田3-3-5
TEL　(03)3263-3321(代表)

印刷所　　協友印刷株式会社

乱丁、落丁本はお取り替えいたします
ISBN978-4-255-00898-1　C0098　*Printed in Japan*